U0513701

历代笔记小说大观

中吴纪闻
曲洧旧闻

［宋］龚明之 朱弁 撰

孙菊园 王根林 校点

图书在版编目(CIP)数据

中吴纪闻　曲洧旧闻／(宋) 龚明之 朱弁撰；孙菊园 王根林
校点. —上海：上海古籍出版社，2012.11(2023.8 重印)
(历代笔记小说大观)
ISBN 978-7-5325-6319-7

Ⅰ.①中… ②曲… Ⅱ.①龚… ②朱… ③孙… ④王…
Ⅲ.①笔记小说-小说集-中国-宋代 Ⅳ.
①I242.1

中国版本图书馆 CIP 数据核字(2012)第 045047 号

历代笔记小说大观

中吴纪闻　曲洧旧闻

〔宋〕龚明之　朱弁　撰

孙菊园　王根林　校点

上海古籍出版社出版发行

(上海市闵行区号景路 159 弄 1-5 号 A 座 5F　邮政编码 201101)

(1) 网址：www.guji.com.cn
(2) E-mail：guji1@guji.com.cn
(3) 易文网网址：www.ewen.co

常熟文化印刷有限公司印刷

开本 635×965　1/16　印张 10.5　插页 2　字数 138,000
2012 年 11 月第 1 版　2023 年 8 月第 2 次印刷
印数：2,101—3,200
ISBN 978-7-5325-6319-7

Ⅰ·2473　定价：25.00 元
如有质量问题,请与承印公司联系

总　目

中吴纪闻 I

曲洧旧闻 95

中 吴 纪 闻

［宋］龚明之　撰

孙菊园　校点

校 点 说 明

　　《中吴纪闻》著者龚明之，字希仲，号五林居士，昆山（今属江苏）人。生于宋哲宗元祐五年（1090），绍兴间以乡贡廷试授高州文学，淳熙初，举经明行修，授宣教郎致仕，卒于宋孝宗淳熙九年（1182），一说卒于淳熙十三年（1186）。一生以授徒糊口，生活清贫，事祖母以孝闻。

　　本书作于晚年，是一部涉及内容非常广泛的资料笔记，诸如吴中地区（今苏州、昆山一带）宰执郡守文人名士的遗闻逸事、诗文酬对以及该地区的名胜古迹、风土民情、鬼神梦卜、僧道行踪等，均有记录。尤其是对于吴中地区的遗佚诗文，搜辑不遗余力，一些文人名士的作品赖以保存。其意义正如杨子器序文所说："于国史之阙遗讹谬，于是乎征验；郡邑之废置沿革，于是乎考证；于古今古迹、士大夫出处、贤才经济、闺房贞秀，又皆于是乎总萃。"

　　《中吴纪闻》版本繁多，现存最早的是明弘治七年刻本，其中有八条有目无文；其次为正德九年龚弘（龚明之九世孙）刻本；以后则有明代的若墅堂刻本、毛氏汲古阁刻本、清代何焯校定菉竹堂刻本。同时又为一些丛书所收录，如鲍廷博《知不足斋丛书》、张海鹏《墨海金壶》、曹溶《学海类编》、钱熙祚《珠丛别录》、伍崇曜《粤雅堂丛书》、朱记荣《槐庐丛书》、缪荃孙《汇刻太仓旧志五种》、董康《诵芬室丛书》等。1986年，我曾以《知不足斋丛书》本为底本，用以上所列各本作校本是正补阙，并用《宋史》、《吴郡志》、《宋诗纪事》等有关方志、笔记、文集参校，一一写出校记，并附版本题跋、作者史料、各家藏书书目、书目题识等资料，交上海古籍出版社出版。这次重版，依照收入《历代笔记小说大观》的体例要求，文字择善而从，概不出校。除保留龚明之序文之外，其他序跋附录资料一律不载。不当之处，仍请读者批评指正。

目　　录

中吴纪闻序 / 11

卷第一

范文正公 / 13　　　　　　许洞 / 13

丁陈范谢 / 14　　　　　　辟彊园 / 14

斗百草 / 14　　　　　　　陈君子 / 14

梅圣俞与僧良玉诗 / 15　　半夜钟 / 15

白乐天 / 15　　　　　　　六经阁记 / 16

唐郎官题名 / 17　　　　　丁晋公 / 17

解额 / 18　　　　　　　　红莲稻 / 18

陆宣公 / 18　　　　　　　太一宫 / 18

孙百篇 / 18　　　　　　　苏子美 / 19

红梅阁 / 20　　　　　　　先高祖 / 20

赵霖水利 / 21　　　　　　黄氏三梦 / 21

昆山编 / 21　　　　　　　皋桥诗 / 21

谢宾客 / 22　　　　　　　张子野吴江诗 / 22

春申君 / 23　　　　　　　蒋密学 / 23

丁晋公拜老郁先生 / 23　　李璋 / 23

木兰堂诗 / 24　　　　　　林大卿买宅 / 24

富秘监 / 24　　　　　　　智积菩萨 / 25

三江口 / 25　　　　　　　杨惠之塑天王像 / 25

王赟运使减租 / 25　　　　斗鸭 / 26

卷第二

姚氏三瑞堂 / 27　　　　　丁氏贤惠录 / 27

张文定公知昆山 / 28　　　传灯录 / 28

曾大父 / 28　　　　　　　娄侯 / 29

滕章敏公 / 29　　　　　　沧浪亭 / 30

范文正公复姓 / 30　　　　郑宣徽 / 31

五柳堂 / 31　　　　　　　中隐堂三老 / 31

林氏儒学之盛 / 32　　　　国一禅师 / 32

叶少卿 / 32　　　　　　　二游诗 / 32

安定先生 / 33　　　　　　苏子美饮酒 / 33

张伯玉郎中 / 33　　　　　上方诗 / 34

陈龙图使高丽 / 34　　　　朱乐圃先生 / 35

海涌山 / 35　　　　　　　卢通议 / 35

阊门楼诗 / 36　　　　　　章守子用皂盖 / 36

随缘居士 / 36　　　　　　石点头 / 36

轨革卦影 / 37　　　　　　梦石天王像 / 37

改正洪范 / 37　　　　　　范文正四子 / 38

林酒仙 / 38　　　　　　　章岷 / 38

鲍鱼 / 38　　　　　　　　徐都官九老会 / 39

卷第三

叶道卿 / 40　　　　　　　观风楼 / 40

三高亭 / 41　　　　　　　程光禄 / 41

丁晋公饭僧疏 / 42　　　　蔡君谟题壁 / 43

郏正夫 / 43　　　　　　　陈君子父殿丞 / 44

郁林石 / 44　　　　　　　谢希深 / 44

范文正公还乡 / 44　　　　清远道士诗 / 45

幽独君诗 / 45　　　　　　本禅师 / 45

吴王拜郊台 / 46　　　　　范贯之 / 46

南翔寺 / 47　　　　　　　张敏叔 / 47

昆山夫子庙 / 48　　　　　孙子和 / 48

张翰 / 48　　　　　　皮日休 / 49

桥名 / 49　　　　　　贺方回 / 49

白公桧 / 50　　　　　癸甲先生 / 50

方子通 / 50　　　　　破山诗 / 51

甫里 / 51　　　　　　有脚书厨 / 51

泰娘 / 52　　　　　　南园诗 / 52

朱子奢 / 52　　　　　钱氏纳土 / 52

白马硐 / 53　　　　　禅月大师 / 53

卷第四

太公避地处 / 54　　　范忠宣公 / 54

滕章敏公结客 / 54　　思贤堂 / 55

顾学正 / 55　　　　　郑希尹 / 55

执爨诗 / 56　　　　　王元之画像 / 56

双莲堂 / 56　　　　　孙若虚滑稽 / 56

慧感夫人 / 57　　　　元少保 / 57

仲殊 / 58　　　　　　如村 / 59

郑毅夫吴江桥诗 / 59　张几道挽诗 / 59

范文正不取烧炼方 / 60　夜航船 / 60

俗语 / 60　　　　　　方子通诗误入荆公集 / 60

卢发运 / 60　　　　　大云翁 / 61

花客诗 / 61　　　　　中吴 / 61

祖姑教子登科 / 61　　范秘丞 / 62

徐朝议 / 62　　　　　颜夫子 / 63

信义县 / 63　　　　　李无悔 / 63

蟹 / 63　　　　　　　大本钱王后身 / 64

郏正夫失鹤诗 / 64　　黄姑织女 / 64

孙积中 / 65　　　　　王主簿 / 66

著作王先生 / 66

卷第五

唯室先生 / 68　　　　姑苏百题诗 / 68

范秘书 / 68　　　　　　张子韶与周焕卿简 / 69

虾子和尚 / 69　　　　　郭家朱砂圆 / 69

陈了翁鲈乡亭诗 / 70　　起隐子 / 70

闾丘大夫 / 71　　　　　宝严院 / 71

洞庭山 / 71　　　　　　方子通红梅诗 / 71

范无外 / 72　　　　　　绰堆 / 72

陆彦猷 / 72　　　　　　翠微集 / 73

生老病死 / 73　　　　　郯子高 / 73

郑应求相 / 74　　　　　狱山 / 74

王学正 / 74　　　　　　范文正为阎罗王 / 75

吴县寇主簿诗 / 75　　　盘沟大圣 / 75

魏令则侍郎 / 75　　　　图经刊误 / 76

草腰带听声 / 76　　　　压云轩诗 / 76

翟忠惠 / 77　　　　　　白云泉 / 77

谞三命 / 77　　　　　　范文正词 / 78

朣庵 / 78　　　　　　　蠡口 / 78

蛇化为剑 / 79　　　　　贾表之 / 79

易承天为能仁寺 / 79　　章户部 / 80

王教授祭学生文 / 80　　沈元叙沧浪亭诗 / 80

卷第六

西楼诗 / 81　　　　　　郭仲达 / 81

淩佛子 / 81　　　　　　昆山学记 / 82

王唐公 / 83　　　　　　顾景繁 / 83

慈受禅师 / 84　　　　　蒋侍郎不肯立坊名 / 84

孙郎中 / 85　　　　　　潘悦之 / 85

南北章 / 85　　　　　　余良弼占卦影 / 85

王彦光 / 86　　　　　　状元谶 / 87

四幡之助 / 87　　　　　乐庵 / 88

吴江词 / 88　　　　　　石湖（存目）

丁令威宅 / 89　　　　　周朝宗（存目）

苏之繁雄冠浙右（存目）　　　　朱光禄（存目）

翟超（存目）　　　　　　　　　正讹 / 89

叔父记馆中语（存目）　　　　　徐望圣 / 89

羊充实 / 89　　　　　　　　　　苏民三百年不识兵 / 90

之彝老 / 90　　　　　　　　　　纪异 / 90

朱氏盛衰 / 91　　　　　　　　　徐稚山 / 92

无庵 / 92　　　　　　　　　　　结带巾 / 92

周妓下火文 / 93　　　　　　　　谐谑 / 93

思韩记 / 93　　　　　　　　　　徐氏安人诗 / 94

吴中水利书 / 94　　　　　　　　翟超 / 94

中吴纪闻序

　　吾家自先殿院占籍中吴，距今几二百祀，相传已及云、仍矣。明之幼尝逮事王父，每闻讲论乡之先进所以诲化当世者，未尝不注意高仰云。少长从父党游，皆名人魁士。及又获识典刑於亲炙之人，乃从事于进取，虞庠鲁泮，余三十年，同舍亦多文人行士，揭德振华，咸有可纪。厥后世界事变，利门名路，绝不复往。由是声迹益晦陋，瓜畴芋区，不过老农相尔汝，所与谈笑者，无复有鸿儒矣。窃尝端居而念焉，凡畴昔饫闻而厌见者，往往后辈所未喻。今年九十有二，西山之日已薄，恐其说之无传也，口授小子昱，俾抄其大端，藏之箧衍。不惟可以稽考往迹，资助谈柄；其间有裨王化、关士风者颇多，皆新旧《图经》及吴地志所不载者。至于鬼神梦卜，杂置其间，盖效范忠文《东斋纪事》体；谈谐嘲谑，亦录而弗弃，盖效苏文忠公《志林》体：皆取其有戒于人耳。昱新学小生，属意不伦，措辞无法，不可以为书。予意为是不满，必得老于文者櫽括之，庶几不为抚掌之资，而使后之人诵其所闻，以代庄舄之吟尔。淳熙九年中和日，宣教郎赐绯鱼袋致仕龚明之期颐堂书。

卷第一

范 文 正 公

天圣五年,范文正公居母丧,上书宰执,请择郡守,举县令,斥游惰,去冗僭,遴选举,崇教育,养将材,实边备,保直臣,斥佞人,使朝廷无过,生灵无怨,以杜奸雄,凡万余言。时王文正公曾为相,见而伟之。服满,荐充馆职。由此为人主所知,不次擢用。庆历三年九月,拜参知政事。上开天章阁,访以治道。公条陈当世急务十条:一曰明黜陟,二曰抑侥幸,三曰精贡举,四曰择官长,五曰均公田,六曰厚农桑,七曰修武备,八曰覃恩信,九曰重命令,十曰减徭役。上嘉纳之。一岁之间,次第举行,无或遗者。公初上宰相书,即受知于王文正;后陈十事,即见听于仁宗。虽曰抱负奇伟,不容不见于施设,自非圣君贤相委曲信任之,亦安能行其所学邪?

许 洞

许洞,太子洗马仲容之子,<small>洗马坟在城西</small>。登咸平三年进士第。平生以文章自负,所著诗篇甚多,当世皆知其名,欧阳文忠公尝称其为俊逸之士。所居惟植一竹,以表特立之操,吴人至今称之曰:"许洞门前一竿竹。"真庙祠汾阴,时洞为均州参军,在路献文章,令召试中书。<small>予之族妹,适洞之曾孙,见其家藏洞之敕牒三四纸。</small>

洞与潘阆、钱易为友,狂放不羁。阆坐卢多逊党,亡命,乃变姓名,僧服入中条山。洞密赠之诗曰:"潘逍遥,平生才气如天高。倚天大笑无所惧,天公嗔汝口哓哓。罚教临老头,补衲归中条。我愿中条山,山神镇长在。驱雷叱电,依前赶出这老怪。"

丁　陈　范　谢

钱武肃王镠之子,广陵王元璙;广陵王之子,威显王文奉:皆为中吴军节度使,开府于苏。时有丁、陈、范、谢四人者同在宾幕:丁讳守节,陈讳赞明,范讳梦龄,谢讳崇礼,职中吴军节度推官,俱以长者称。守节者,丞相谓之祖;赞明者,屯田之奇字虞卿之曾祖;梦龄者,参政仲淹之曾祖;崇礼者,太子宾客涛之父。其子孙又皆登高科,跻肮仕,足见庆源深厚矣。

辟　彊　园

吴中旧传,池馆林木之胜,惟辟彊园为第一。辟彊姓顾氏,晋人。见于题咏者甚众。李太白云:"柳深陶令宅,竹暗辟彊园。"陆羽曰:"辟彊旧林园,怪石纷相向。"陆龟蒙云:"吴之辟彊园,在昔胜概敌。"皮日休云:"更葺园中景,应为顾辟彊。"近世如张伯玉亦云:"于公门馆辟彊园,放荡襟怀水石间。"今莫知其遗迹所在。

斗　百　草

吴王与西施尝作斗百草之戏,故刘禹锡诗云:"若共吴王斗百草,不如应是欠西施。"

陈　君　子

陈之奇字虞卿,乡人以其有贤德,故以君子称之。初登第,为鄱阳尉,后为丹徒泰兴令。李玮尚秦国大长公主,下国子监举通经术有行义者为教授,遂以公充选。未几,乞致仕,迁太子中允,时年未五十。俄除平江军节度掌书记,复以为教授,诏装钱促遣之,力辞不赴。公道德著于乡,虽闾巷小儿,亦知爱敬。有争讼久不决者,跨蹇驴至其家,以大义感动之,皆为之革心。自挂冠后,闲居十八年。熙宁初卒,葬花山。王岐公为作志,题之曰《陈君子墓铭》。始公之谢事也,蒋堂侍郎语人曰:"举天下皆知有富贵,而虞卿独以知止易众人之心,吾喜林下有人矣。"因为赋诗曰:"宠秩拜春坊,归休识虑长。扫门卑魏勃,设醴谢元王。一水莼鲈国,群山橘柚乡。喜君添老社,烟驾共徜徉。"张伯玉郎中亦赠之诗曰:"东吴王孙归挂冠,玉丝红鲙满雕盘。狂吟但觉日月久,醉舞不知天地宽。小圃移花山客瘦,夜窗捣药橘童寒。新书近日成多少,且告先生旋借看。"

梅圣俞与僧良玉诗

昆山慧聚寺僧良玉,字蕴之。僧行甚高,旁通文史之学,又善书,工琴棋。因游京师,梅圣俞见而喜之,以姓名闻于朝,赐以紫衣。其东归也,圣俞以诗送之曰:"来衣茶褐袍,归变椹色服。扁舟洞庭去,落日松江宿。水烟晦琴徽,山月上岩屋。野童遥相迎,风叶鸣橡槲。"后潜遁故山,专以讲经为务,号所居曰"雨花堂"。

半 夜 钟

唐张继《宿枫桥》诗云:"月落乌啼霜满天,江村渔火对愁眠。姑苏城外寒山寺,半夜钟声到客船。"昔人谓钟声无半夜者,诗话尝辨之云:"姑苏寺钟,多鸣于半夜。"予以其说为未尽。姑苏钟唯承天寺至夜半则鸣。其它皆五更钟也。此张继诗,王氏《学林新编》误以为温庭筠。

白 乐 天

白乐天为郡时,尝携容、满、蝉、态等十妓,夜游西武丘寺,尝赋纪游诗,其末云:"领郡时将久,游山数几何?一年十二度,非少亦非多。"可见当时郡政多暇,而吏议甚宽。使在今日,必以罪去矣。

六 经 阁 纪

　　姑苏自景祐中范文正公典藩，方请建学。其后富郎中严继之，又建六经阁。张伯玉公达尝为郡从事，遂命为之记。今但传其篇首数句，《闻见录》又误载其始末。予家偶藏公达所著《蓬莱集》，恐后人不复见全文也，因具载之：六经阁，子、史在焉，不书，尊经也。吴郡州学，始由高平范公经缉之。其后天章蒋公待制，中书柳舍人，史馆、昭文张陆二学士，行郡事，殿中丞李公仲涂先生之犹子，中台柳兵曹，今尚书富郎中，十年更八政，仁贤继志，学始大成。丙戌年，六经阁又建。先时书籍草创，未暇完缉，厨之后庑，泽地污晦，日滋散脱，观者恻然，非古人藏象魏拜六经之意。至是，富公始与吴邑、长洲二大夫，以学本之余钱，僦之市材，直公堂之南，临泮池建层屋。起夏六月乙酉，止秋八月甲申，凡旬有七浃。计庸千有二百。作楹十有六，栋三，架雷八，桷三百八十有四，二户，六牖，梯冲、窐棁、圩墁、陶甓称是。祈于久，故爽而不庳；酌于道，故文而不华。经南向，史西向，子、集东向。标之以油素，揭之以油黄。泽然区处，如蛟龙之鳞丽，如日月之在纪，不可得而乱矣。判天地之极致，皇王之高道，生人之纪律，尽在是矣！古者圣贤之设教也，知函夏之至广，生齿之至众，不可以颐解耳授，故教之有方，导之有源。乃本庠序之风，师儒之说，始于邦，达于乡，至于室，莫不有学。烜之以文物，耸之以声明。先用警策其耳目，然后清发其灵腑。故其习之也易，其得之也深。其教不肃而成，不烦而治。驱元元入善域，优而柔之，使自得之。万世之后，尊三王四代法者无他焉，教化之本末驯善也。然则观是阁者，知六经之在，则知有圣人之道；知有圣人之道，则知有朝廷之化；知有朝廷之化，则向方之心日懋一日。礼义之泽流于外，弦歌之声格于内。其为恶也无所从，其为善也有所归，虽不欲徙善远罪、纳诸大和不可。召康公之诗曰："岂弟君子，来游来歌。"子思之说云："布在方策，人存则政举。"凡百君子，由斯道活斯民，畅皇极，序彝伦者，舍此而安适？得无尽心焉。诸儒谓伯玉尝从事此州，游学滋久，宜刊乐石，庶几永永无忽。

唐郎官题名

唐郎官题名碑,承平时在学舍中堂之后,已渐刓缺,兵火后不复存矣。序文乃张长史楷书,长史以草圣得名,未尝作楷书,世尤爱之。题名之人虽不一,亦尽得古笔法。唐世崇尚字学,用此以取人,凡书皆可观。今所传止序文尔。长史苏人,故立碑于此。

丁晋公祖守节,吴越中吴军节度推官。

公讳谓,字谓之。家世于冀,其祖仕钱氏,遂为吴人。公少负才名,先叔祖端公在鼎州日,公尝贽文求见,因赠之诗曰:“胆怯何由戴铁冠? 只缘昭代奖孤寒。曲肱未遂违前志,直指无闻是旷官。三署每传朝客说,五溪闲凭郡楼看。祝君早得文场隽,况值天阶正舞干。”淳化三年,公登进士科,名在第四,与孙何俱有声。当时王黄州有诗云:“三百年来文不振,直从韩柳到孙丁。如今便合教修史,二子文章似六经。”祥符中,为参知政事。上问:“唐酒价几何?”公曰:“每斗三百。”按杜甫诗:“速宜相就饮一斗,恰有三百青铜钱。”又侍宴赏花钓鱼,公诗云:“莺惊凤辇穿花去,鱼畏龙颜上钓迟。”上赏咏再三,群臣皆以为不及。天禧中拜相。仁宗即位,进司徒兼侍中。后为章圣山陵使,擅移陵域,贬将仕郎、崖州司户参军。公自迁谪,日赋一诗,号《知命集》。后因奏表叙策立之功,有云:“虽迁陵之罪大,念立主之功多。”因徙雷州,移道州,复秘书监,光州居住。贬窜十五年,须发无斑白者,人皆服其量。临终,半月不食,焚香危坐,诵佛书,以沉香煎汤,时呷而已。至光州,谢执政启有云:“三十年门馆从游,不无事契;一万里风波往复,尽出生成。”在海上对客,问:“天下州郡孰大?”客曰:“唯京师。”公曰:“朝廷宰相只作崖州司户,则崖州为大。”众皆大笑。归葬华山。所居在大郎桥,号晋公坊。堂宇甚古,有层阁数间临其后。予尝至其第,与公之孙德隅游。德隅善篆,亦工于四六。

解　　额

姑苏自祥符间定制,秋举以四人为额。庆历中,就举者止二百人。范贯之龙图,尝作《送钱正叔赴举序》,已言四人之额,视他藩为最寡。熙宁、元丰间,应举者尚多,增为六人。三舍既行,罢去科举法,岁贡四人。舍法罢,乃合三年之数为十二人。绍兴丙子,又增流寓一名。今终场者几二千人,其额又不胜其窄矣。

红　莲　稻

红莲稻从古有之,陆鲁望《别墅怀归》诗云:"遥为晚花吟白菊,近炊香稻识红莲。"至今以此为佳种。

陆　宣　公

《唐书》云:陆贽,苏州嘉兴人。按武德中,苏州所管七县,而嘉兴本号长水县。后改为由拳,又改为嘉禾。吴赤乌中,方易今名也。

太　一　宫

太平兴国六年,方士言:"五福太一在吴越分。太一,天之贵神也,行度所至之国,民受其福。"故令苏州建太一宫。后以地远,不便于祷祀,遂于京城苏村建之。今天庆观乃其旧址,乡人尚有以宫巷、宫前称者。

孙　百　篇

吴士孙发,尝举百篇科,故皮日休赠以诗云:"百篇宫体喧金屋,一日官衔下玉除。"陆龟蒙亦有云:"直应天授与诗情,百咏唯消一日成。"其见推于当时如此。此科不知创于何代，国初亦无定制，惟求应者即命试。太平兴国五年，有赵昌国愿试此科。帝御殿出四句诗为题，诗云："松风雪月天，花竹鹤云烟。诗酒春池雨，山僧道柳泉。"每题五篇，篇四韵。至晚，仅成数十首。方欲激劝后学，特赐及第。仍诏今后有应此科者，约此题为式。

苏 子 美

苏舜钦字子美，易简参政之孙。慷慨有大志，工为古文，声名与欧阳公相上下。天圣七年，玉清昭应宫灾，子美以太庙斋郎诣登闻上疏，谓："天以此垂戒，愿陛下恭默内省。"语甚切直。时年方二十。登景祐元年进士第。俄有诏戒越职言事者，子美又上书，极论其不可。庆历四年，授大理评事、集贤校理，监进奏院。当时用事者，以子美乃范文正所荐，而杜正献之婿也；因鬻故纸会客事诬奏之，遂除名勒停。嘉祐初，韩魏公为请于朝，追复元官。卒年四十一。山谷先生尝有《观秘阁苏子美题壁》诗，曲尽其平生大节，真迹藏汪玉山家。今集中不载，故见之于此："仁祖康四海，本朝盛文章。苏郎如虎豹，孤啸翰墨场。风流映海岱，俊锋不可当。学书窥法窟，当代见崔张。银钩刻琬琰，虿尾回缣细。擢登群玉府，台阁自生光。春风吹细雨，禁直梦沧浪。人声市朝远，帝影花竹凉。秋河湔笔砚，怨句挟风霜。不甘老天禄，诚欲叫未央。小臣胆如斗，朱儒俸一囊。请提师十万，奉辞问犬羊。归鞍饮月支，伏背笞中行。人事喜乖迕，南迁浮夜航。此时调玉烛，日行中道黄。柄臣似牛李，倾夺谋未藏。薄酒围邯郸，老龟祸枯桑。兼官百郡邸，报赛用岁常。招延青云士，共醉椒糈筋。俗客避白眼，征歌舞红裳。谤书动宸极，牢户系桁杨。一网收冠盖，九衢人走藏。庖丁提刀立，满志无四旁。论罪等饕餮，因衣御方良。姑苏麋鹿瞳，风月有书堂。永无湔祓期，山鬼共幽篁。万户封侯骨，今成狐兔冈。迩来四十年，我亦校书郎。雄文终脍炙，妙墨见垣墙。高山仰豪气，峥嵘乃不亡。张侯开诗卷，词章尚轩昂。草书十余纸，雨漏古屋廊。诚知千里马，不服万乘箱。遂令驾鼓车，此岂用其长？事往飞鸟过,九原色莽苍。敢告大钧手,才难幸扶将!"子泌,字进之,任湖北运使。先殿院之女,适参政公之子宿,宿乃耆之弟,于子美为叔父。

红　梅　阁

吴感字应之,以文章知名。天圣二年,省试为第一。又中天圣九年书判拔萃科,仕至殿中丞。居小市桥,有侍姬曰红梅,因以名其阁。尝作《折红梅》词曰:"喜轻澌初泮,微和渐入、芳郊时节。春消息,夜来斗觉,红梅数枝争发。玉溪仙馆,不是个、寻常标格。化工别与一种风情,似匀点胭脂,染成香雪。　　　重吟细阅。比繁杏夭桃,品流真别。只愁共、彩云易散,冷落谢池风月。凭谁向说。三弄处、龙吟休咽。大家留取,倚阑干,闻有花堪折,劝君须折。"其词传播人口,春日郡宴,必使倡人歌之。吴死,其阁为林少卿所得,兵火前尚存。子纯,字晦叔。文行亦高,乡人呼为吴先生。杨元素《本事集》误以为蒋堂侍郎有小鬟号红梅,吴殿丞作此词赠之。

先　高　祖

先高祖讳识,给事中讳慎仪之子。登端拱三年第。大中祥符间,用翰林学士李宗谔荐,权监察御史。属真宗东封护跸还都,迁殿中侍御史、兼左巡使,时年四十有二。本朝承袭唐制,御史不专言职。至是,始择学术醇正,操履端方,可以纪纲朝廷者,俾入台言事。得之至难,故被选者实为不世之荣。先高祖任职逾年,遽抱目疾,累表乞退,遂除检校司封郎官、平江军节度副使。

先高祖登第时,金花帖子尚存。其制用涂金黄纸,大书姓名,下有两知举花押,仍用白纸作一大帖贮之,亦题姓名于上。近吴南英于周参政处,模写王扶、盛京二帖子,名士题跋甚众,皆以为今世所罕见者。予因归而视其所藏,适与王扶同此一榜,规模无毫发不相似,但多白纸为护尔。今所谓榜帖者,盖起于此。

赵 霖 水 利

政和六年,庄徽待制为郡守,中使以金字牌奉御笔云:"访闻平江府三十六浦内,自古置闸,随潮启闭,泄放水势,岁久堙塞,遂致积年为患。今差本府户曹赵霖,躬亲具逐浦相度经久利害,绘图赴尚书省指说。"既被旨,因遍历诸县,遂得其利害。霖意不过三说:一,开治港浦;二,置闸启闭;三,筑圩裹田。遂条析其事,合成一书奏之,后略施行。霖所建明与郏正夫差异。霖专主置闸之说;正夫则属意于开纵浦横塘,使水趋于江而已。窃谓二公之论,与今日又不同。往时所在多积水,故所治之法如此;今所以有水旱之患者,其弊在于围田,由此水不得停蓄,旱不得流注,民间遂有无穷之害。舍此不治而欲兴水利,难矣。

黄 氏 三 梦

建宁黄氏,乃名族也。因游宦,遂徙居于吴。黄氏有三子,皆勤于学问,其父梦捷夫持榜帖报黄颜者,遂以名其长子,已而果第。久之,其梦如初,乃折偏旁名仲子以"彦",彦复掇高科。后数年,其梦亦如初,黄甚怪之,又以"颉"名其季。颉既第,颜即死矣。

昆 山 编

唐人刘绮庄为昆山尉,研穷今古缃帙,所积甚富。尝分类应用事,注释于下,如六帖之状,号《昆山编》。今其书尚传。

皋 桥 诗

皋桥者,汉皋伯通所居之地。梁鸿娶孟光,同至吴,居伯通庑下,为人春役。后伯通察而异之,乃舍之于家。皮日休尝赋诗云:"皋桥依旧绿杨中,闾里犹生隐士风。唯我到来居上馆,不知何道胜梁鸿。"陆龟蒙诗云:"横绝春流架断虹,凭阑犹想《五噫》风。今来未必非梁孟,却是无人继伯通。"

谢 宾 客

公讳涛,字济之,其先三世仕吴越。公幼而奇敏,尝讲学于阳山澄照寺之西庑。时王翰林禹偁宰长洲,罗拾遗处约宰吴县,皆器重之,自此名显于时。登淳化三年第,知益州华阳县,通判寿州,知兴国军。真宗即位,锐意任人,一日中,出朝士姓名有治状者,凡二十四人,付中书门下,令驿召至阙。公在选中,命知曹州。有凶人赵谏者,交权势,结豪侠,务乘人之弊以告讦。公奏之朝廷,斩于都市。乃下诏:凡民非干己事,无得告言。遂著于令。为两川安抚,还除三司度支判官,出守海陵、新安二郡。俄召试直史馆,出为两浙转运使。还判司农寺、兼侍御史知杂事。知越州,任满,拜太常少卿、判登闻检院。又得请权西京留司御史台,就拜秘书监,遂分司洛下。朝廷嘉其恬退,迁太子宾客。其子既入台阁,迎侍于京师。景祐元年卒,年七十五。赠礼部尚书。子绛,女适梅尧臣圣俞,孙景初、景温。公始以文学中进士上第,而子孙世践其科。又父子更直馆殿,出处仅二十余年,皆衣冠之盛事。公分务洛下,悉屏去外累;于笔砚歌诗素所耽嗜,亦不复为,曰:"佚我以老也。"数年间,惟日看旧史一编,以代宾话。一日,因假寐,梦中作《读史》一绝云:"百年奇特几张纸,千古英雄一窖尘。惟有炳然周孔教,至今仁义浃生民。"越一夕捐馆。范文正为记其事。

张子野吴江诗

张子野宰吴江日,尝赋诗云:"春后银鱼霜下鲈,远人曾到合思吴。欲图江色不上笔,静觅鸟声深在芦。落日未昏闻市散,青天都净见山孤。桥南水涨虹垂影,清夜澄光合太湖。"为当时之绝唱。

春 申 君

姑苏城隍庙神,乃春申君也。按《史记》,春申君初相楚,后请封于江东,考烈王许之,因城故吴墟以为都邑。吴地志亦云:春申君尝造蛇门以御越军。其庙食于此也,固宜。《越绝书》云:"幽王立,封春申君于吴。"其说又似不同,要当以《史记》之言为正。

蒋 密 学

蒋堂字希鲁,尝两守此郡。后既谢事,因家焉,自号曰"遂翁",所居曰"灵芝坊",作园曰"隐圃"。圃之内,如岩扃、水月庵、烟萝亭、风篁亭、香岩峰,皆极登临之胜。公喜宾客,日为燕会。时以诗篇为乐,范贯之龙图尝赋诗云:"勇退人难事,明公识虑长。波涛济舟楫,霜雪见松篁。林下开前圃,花间撒亚枪。二疏良宴会,老杜好篇章。道向清来胜,机于静处忘。当除印如斗,试一较闲忙。"

丁晋公拜老郁先生

祥符中,丁晋公自参知政事拜平江军节度使、知昇州。时建节钺者,出入必陈其仪度。既还本镇,乡人为之改观。公在童龆时,尝从老郁先生学。先生居光荡巷,师孟之父,户部师淳之伯父,予尝从师孟学。至是,首入陋巷,诣先生之居,以两朱衣袯之,拜于其下。先生惶惧,大声呼之曰:"拜杀老夫矣。"既坐,话旧极款密,且云:"小年狭劣,荷先生教诲,痛加榎楚。使某得成立者,皆先生之赐也。"先生愈不自安,不数月果卒。公遣吏为办棺敛、葬埋之物甚厚。吴人至今以为美谭。

李 璋

李璋忘其字。居盘门内,为人不羁。王荆公甚爱其才,尝有《送行》

诗云:"湖海声名二十年,尚随乡赋已华颠。却归甫里无三径,拟傍胥山就一廛。朱毂风尘休怅望,青鞋云水且留连。故人亦见如相问,为道方寻木雁篇。"又有公《下第》诗云:"浩荡宫门白日开,君王高拱试群才。学如吾子何忧失,命属天公不可猜。意气未宜轻感慨,文章尤忌数悲哀。男儿独患无名尔,将相谁云有种哉!"由此声誉益著,后以特恩补官。孙益,字彦中。擢高科,历监察御史,徙居常熟。

公素好讥谑。有一故相远派在吴中,尝于嬉游之地,书其壁曰:"大丞相再从侄某尝游。"公因题其傍曰:"混元皇帝三十七代孙李璋继至。"尝赴特奏恩,语同试者云:"廷唱日,必不以名见呼,止称某排第耳。"众皆不以为然,厚与之约。已而进状云:"因在京师,有远族相遇,谱系亦有以璋名者,欲以玖易之。"它日殿下,果唱李玖,盖公排第九也。

木 兰 堂 诗

木兰堂,多为太守燕游之地。范文正公作守时,尝赋诗云:"堂上列歌钟,多惭不如古。却羡木兰花,曾见《霓裳》舞。"白乐天在苏,尝教倡人为此舞也。堂之前后,皆植木兰,干极高大,兵火后不存。

林 大 卿 买 宅

州民有宅一区,多出变怪,无有售之者。林颜大卿独求买之。既徙入,中夜据厅事独坐,以示其不恐。忽见一白衣妇人,纵其所如,俄至一处所,潜伏不见。诘朝,使人穿其地,得银百余铤,其上皆镌一"林"字。此无异尉迟敬德事也。

富 秘 监

富秘监严,丞相文忠公之叔父也。登大中祥符四年第。庆历中,以刑部郎中守乡郡。嘉祐中,守秘书监致仕,退居于家。未尝一造府治,终年无毫发干请,士大夫皆贤之。《皇朝类苑》尝载其事。卒赠司徒,葬宝华山。有子临,娶先都官之女。秘监与都官聘书,今尚存。饱学能文,终池阳守。钧洵及元衡擢进士第,皆秘监公之曾孙也。

智 积 菩 萨

灵岩寺,乃智积开山之地。智积当东晋末,自西土来此,创立伽蓝。泗州僧伽,持钵江南,至常之无锡,闻智积在苏,即回曰:"彼处已有人矣。"由此名遂显。有一贫妪慕其行,尝持角黍为献。智积受之,妪因得度。至今上巳日,号智积诞日,聚数十百妪为角黍会。

三 江 口

松江之侧,有小聚落,名三江口。郦善长云:"松江自湖东北径七十里,至江水分流,谓之三江口。"《吴越春秋》云:"范蠡去越,乘舟出三江之口,入五湖之中。"皆谓此也。三江,即《禹贡》所指者。

杨惠之塑天王像

慧聚寺有毗沙门天王像,形模如生,乃唐杨惠之所作。惠之初学画,见吴道子艺甚高,遂更为塑工,亦能名天下。徐稚山侍郎以此像得塑中三昧,尝记其事,谓其傍二侍女尤佳,且戒后人不可妄加涂饰。近为一俗工修治,遂失初意。

王赟运使减租

初,钱氏国除,而田税尚仍其旧,亩税三斗,浙人苦之。太宗乃遣王赟为转运使,转运衙,旧在姑苏州治之西偏。均两浙杂税。赟悉令亩税一斗。使还,大臣有责其增减赋额者。赟谓亩税一斗,天下之通法。两浙既已为王民,岂可复循伪国之制? 上从其说,浙人至今便之。

斗　　鸭

　　陆鲁望有斗鸭一栏,颇极驯养,一旦,驿使过焉,挟弹毙其尤者。鲁望曰:"此鸭善人言,见欲附苏州上进,使者奈何毙之?"使者尽以囊中金以窒其口。使徐问其语之状,鲁望曰:"能自呼其名尔。"使者愤且笑,拂袖上马。复召之,还其金,曰:"吾戏耳!"

卷第二

姚氏三瑞堂

阊门之西，有姚氏园亭，颇足雅致。姚名淳，家世业儒，东坡先生往来必憩焉。姚氏素以孝称，所居有三瑞堂，东坡尝为赋诗云："君不见董召南，隐居行义孝且慈。天公亦恐无人知，故令鸡狗相哺儿，又令韩老为作诗。尔来三百年，名与淮水东南驰。此人世不乏，此事亦时有。枫桥三瑞皆目见，天意宛在虞鳏后。惟有此诗非昔人，君更往求无价手。"东坡未作此诗，姚以千文遗之。东坡答简云："惠及千文，荷雅意之厚。法书固人所共好，而某方欲省缘，除长物旧有者，犹欲去之，又况复收邪？"固却而不受。此诗既作之后，姚复致香为惠。东坡于《虎丘通老简》尾云："姚君笃善好事，其意极可嘉，然不须以物见遗。惠香八十罐，却托还之，已领其厚意，与收留无异。实为它相识所惠皆不留故也。切为多致，此恳。"予家藏三瑞堂石刻，每读至此，则叹美东坡之清德，诚不可及也。

丁氏贤惠录

《丁氏贤惠录》，安定先生文，苏子美书。丁氏乃晋公之女弟，陈君子之母也。封长安县君，贤行甚著。晋公钟爱其甥，欲官之，丁氏固辞，俾其以学术进，晋公竦然称叹。已而同其弟继登进士科。观此，足以知夫人之贤矣。

里人张绅，世与陈旧，其妇娩而没，夫人褓其婴归，付乳媪，亲加拊视，能言而还之。相兄既南谪，家日沦困，有侄孙女幼孤，夫人训育笃于己生。及归冯氏子，妇式闲淑，甚宜其家。时工部黄郎中宗旦守苏，闻而谓人曰："兹事可书于史。"

张文定公知昆山

张文定公方平，景祐中宰昆山。时蒋堂侍郎为郡守，得公著《刍荛论》五十篇上之，因举为贤良。公知昆山时，吴越归国未甚久，郡邑地旷，民占田无纪，岁远多侵越，讼数十年不能决。公召问所输租税几何，大约百一二。悉收其余，以赋贫民，自是无讼。

传　灯　录

永安禅院僧道元，纂佛祖迄近世名僧禅语，为《传灯录》三十卷以献。祥符中，诏翰林学士杨亿、知制诰李维、太常丞王曙刊定，刻板宣布。

曾　大　父

曾大父讳宗元，字会之。自幼颖悟绝人，读书于虎丘寺，昼夜不绝。举进士，为乡里首选。继登天圣五年第，主杭州仁和县簿。时范文正公为帅，改容礼之曰："公器业清修，他日必为令器，谨勿因人以进。"曾大父敬服其训。高祖既抱疾，因乞便亲，移吴县簿。后以居忧服阕，调建安尉。蔼有称声，保任者二十有二章。召见，改大理寺丞，知句容县。发摘奸伏，政如神明。叶道卿内翰时开府金陵，甚为之前席。杨纮持使节行部，号为深酷，吏望风投劾而去。纮过境上，独不入县，或问其故，纮曰："龚君治民，所至有声，吾往徒为扰耳。"其见重如此。自登朝，未尝游公卿之门，皆文正公之教也。士论美之。尝通判衢、越二州，终都官员外郎，葬南峰山。有文集十卷，号《武丘居士遗稿》。子程、孙况，俱擢第。曾大父善作诗，尝有《六月吟》云："曦轮猎野枯杉松，火焚泰华云如峰。天地炉中赤烟起，江湖煦沫烹鱼龙。生狞渴兽唇焦断，峻翮无声落晴汉。饥民逃生不逃热，血迸背皮流若汗。玉宇清宫彻罗绮，渴嚼冰壶森贝齿。炎风隔断真珠帘，池口金龙吐寒水。象床珍簟凝流波,琼楼待月微酣歌。王孙昼夜纵娱乐,不知苦热还如何?"《夜宴》诗云:"兔魄侵阶夜三刻,蜀锦堆香花院窄。风动帘旌玳瑁寒,露垂虫网真珠白。美人匝席罗弦管,绮幄云屏炉麝暖。只恐金壶漏水空,不怕鸾觞琥珀满。劝君莫负秉烛游,曾见古人伤昼短。"《赠处士林逋》诗云:"高蹈遗尘蜕,含华傲素园。璜溪频下钓,蕙帐不惊猿。养浩时清啸,忘机只寓言。几回生蝶翅,明月在西轩。"《送陈君子之四明》诗云:"短亭祖帐接平川,柳拂回波系画船。渐向落晖分绣袖,忍听离曲怨鹍弦。云连稽岭应怀古,路近花源好访仙。那更凭高望天际,江堤烟重草绵绵。"《捣砧词》云:"星河耿耿寒烟浮,白龙衔月临霜楼。谁家砧弄细腰杵,一声捣破江城秋。双桐老翠堕金井,高低冷逐西风紧。静如秋籁暗穿云,天半惊鸿断斜影。哀音散落愁人耳,何处离情先唤起。长信宫中叶满阶,洞庭湖上波平水。万里征夫眠未成,摇风捣月何丁丁。楚关秦岭有归客,一枕夜长无限情。"曾大父尝以所业投范文正,文正曰:"子之文温厚和平,而不乏正气,似其为人也。"世以为确论云。

娄　　侯

昆山,乃古之娄县,今县之东北三里有一聚落,尚以娄县为名,或云在汉为嘤,后避钱王讳改今名。予考《三国志》,张昭拜辅吴将军,封娄侯,则县之为娄旧矣。《汉书》云:"改于王莽时。"

滕　章　敏　公

滕元发名甫,避高鲁王讳,以字为名,更字达道。九岁能赋诗,敏捷过人。范文正之父为诸舅,见而奇之,教以为文。文正为乡郡,而安定胡先生居于郡学,公往从之,门人以千数,第其文常为首。举进士,试于廷,宋景文公奇其文,擢为第三。以声韵不中程,黜之。其后八年,复中第三,通判湖州。时孙威敏公沔守钱塘,一见曰:"后当为贤将。"授以治剧守边之要。召试学士院,判吏部南曹、同修起居注、知制诰、知谏院。王陶论宰相不押班为跋扈，上以问公，公曰："宰相固有罪，然以为跋扈，则臣以为欺天陷人矣。"知开封府，迁御史中丞，抗论得失为多，出知秦州。河朔地震，坏城池庐舍，命公为安抚使。还，复知开封府，除翰林学士，出知郓州，移定州。入觐，力言新法之害。至定，虏人畏服。上喜，令再任，诏曰："宽严有体，边人安焉。"因作堂，以"安边"名之。又上疏论新法，徙青州，留守南都，知蒲、邓二州。坐累知安州。侍郎韩丕，旅殡于安，五十年矣。学士郑獬，安人也，既没十年，贫不克葬，公皆葬之。以言者复贬筠州，已而为湖州。哲宗即位，徙苏、扬二州，除龙图阁直学士，复知郓州。岁方饥，乞淮南米二十万石为备，全活五万人。徙真定、河东，除龙图阁学士，复知扬州。未至而卒，年七十一。赠左银青光禄大夫，谥曰"章敏"，葬阳山。公屡领帅权，条画皆有方，议者谓近世名将无及公者。朝廷虽知公之深，而终不大用。每进，小人必谗之。公尝上章自讼，有曰："乐羊无辜，谤书满箧；即墨何罪，毁言日闻。"天下闻而悲之。

沧　浪　亭

沧浪亭，在郡学之东，中吴军节度使孙承祐之池馆。其后苏子美得之，为钱不过四万。欧公诗所谓"清风明月本无价，可惜只卖四万钱"是也。予家旧与章庄敏俱有其半，今尽为韩王所得矣。

范文正公复姓

范文正公幼孤，随其母适朱氏，因从其姓，登第时，姓名乃朱说也。后请于朝，始复旧姓，表中改用郑準一联云："志在投秦，入境遂称于张禄；名非伯越，乘舟偶效于陶朱。"范蠡、范雎事，在文正用之，尤为切当。今集中不载。

郑 宣 徽

郑戬字天休,居皋桥。天圣初,登进士第。尝知开封府,发擿奸伏,都下肃然。迁三司使、知枢密院,俄以资政殿学士知杭州,移镇长安。有表曰:"听严宸之钟鼓,未卜何晨;植劲柏于雪霜,更观晚节。"上称诵者数四,谓左右曰:"戬气质英豪,朕欲用为宰相。故屡试于外也。"庆历三年,代范文正为四路都招讨,元昊畏其威。再知长安,蕃酋部将遮道卧辙,不得行。六年移并州。寻拜宣徽使、奉国军节度使。未几薨,赠太尉,谥"文肃",葬横山。

五 柳 堂

五柳堂者,胡公通直所作也。其宅乃陆鲁望旧址,所谓临顿里者是也。公讳稷言,字正思,兵部侍郎则之侄。少学古文于宋景文,又尝献时议于范文正,晚从安定先生之学,皆蒙爱奖。后以特奏名拜官,调晋陵尉,又主鄞县簿,又为山阴丞。自度不能究其所施,乃乞致仕。升朝之后,仍赐绯衣银鱼。公既告老,即所居疏圃凿池,种五柳以名其堂,慕渊明之为人,赋诗者甚众。公自中年清修寡欲,延纳后进,谈论不少休。日入后不饮食,率以为常,或与客夜坐久,不过具汤一杯而已。年八十余而终,江谏议公望为志其墓。子峄。

中 隐 堂 三 老

曾大父自都官员外郎分司南京,谢事家居,所居在大酒巷。取白乐天"大隐住朝市,小隐入丘樊。不如作中隐,隐在留司间"之诗,建中隐堂。与尚书屯田员外郎程适、太子中允陈之奇相与游从,日为琴酒之乐,至于穷夜而忘其归。二公皆耆德硕儒,致政于家,吴人谓之"三老"。

林氏儒学之盛

林氏本福清人,徙居吴门,有讳概者,尝为省试第一,登载《国史儒学传》。其子曰希、旦、邵、颜,相继俱登科级。希为枢密,谥“文节”;旦为殿中侍御史;邵为显谟阁直学士,谥“文肃”;颜为光禄卿。希之子虞,中词科;旦之子处,亦登第;邵之子摅,赐出身,为中书侍郎。近世儒门之盛,必推林氏云。

国 一 禅 师

国一禅师,乃昆山圆明村朱氏子。舍俗为僧,受业于景德寺,法名道钦。因游历丛林,遇一有道者,语之云:“乘流而行,遇径而止。”既至双径,遂借龙潭,筑庵于其上,即开山之祖也。事载《塔铭》云。今慧聚寺之西,有以罗汉名桥者,盖指国一云。

叶 少 卿

叶参字少列,尝守此郡,既谢事,因居焉。其子清臣,登禁从,少列犹及见之。范文正公尝赠之诗,云:“退也天之道,东南事了人。风波抛旧路,花月伴闲身。湖外扁舟远,门中驷马新。心从今日泰,家似昔时贫。见子登西掖,携孙过北邻。白云高阁曙,绿水后池春。尊酒呼前辈,炉香叩上真。只应阴德在,八十富精神。”其居第在天庆之东,中有七桧堂。内翰道卿,尝持本路漕节侍养。道卿之子公秉又尝守乡郡,搢绅荣之。善卷寺丞,乃内翰之孙,长于诗,与祠部叔父唱和甚多。其侄主簿公,娶叔祖四朝议之女。

二 游 诗

吴之士,有恩王府参军徐修矩者,守世书万卷,酣饮于其间,至日晏忘饮食。又有前泾县尉任晦,其居有深林曲沼,危亭幽砌。皮日休尝游二君宅,每为浃旬之款,篇章留赠不一,号《二游诗》。

安 定 先 生

胡翼之本海陵人,学者尊其道,皆称为安定先生。景祐中,范文正公荐先生,白衣对崇政殿,授秘书省校书郎。文正上疏请建郡学,首以先生为吴兴学官,继移此邦。先生居学,严条约以身先之。虽大暑必公裳,终日延见诸生,以严师弟之礼。解经有至要义,恳恳为诸生论其所以治己而治乎人者。学徒千数,日月刮劘,为文章皆傅经义,必以理胜。信其师说,崇尚行实。自后登科为大儒者,累世不绝。如滕章敏、范忠宣、钱内翰醇老,皆从先生之学者也。至今学宫画像而祠之。

苏 子 美 饮 酒

子美豪放,饮酒无算,在妇翁杜正献家,每夕读书以一斗为率。正献深以为疑,使子弟密察之。闻读《汉书·张子房传》至"良与客狙击秦皇帝,误中副车",遽抚案曰:"惜乎!击之不中。"遂满引一大白。又读至"良曰:'始臣起下邳,与上会于留,此天以臣授陛下。'",又抚案曰:"君臣相遇,其难如此!"复举一大白。正献公知之大笑,曰:"有如此下物,一斗诚不为多也。"

张 伯 玉 郎 中

张伯玉字公达,尝为郡从事,刚介有守,文艺甚高。范文正公深爱之,尝举以应制科,举词云:"张某,天赋才敏,学穷阃奥,善言皇王之治,博达古今之宜。素蕴甚充,清节自处,堪充应贤良方正能直言极谏科。"其应诏也,又作《上都行》送之,果中高选。伯玉在苏日,述作并见《蓬莱集》。

上 方 诗

　　唐孟郊因其父为昆山尉,尝至山中,题诗于上方云:"昨日到上方,片霞封石床。锡杖莓苔青,袈裟松柏香。晴磬无短韵,昼灯含永光。有时乞鹤归,还放逍遥场。"其后张祐尝游,亦有诗云:"宝殿依山险,凌虚势欲吞。画檐齐木末,香砌压云根。远景窗中岫,孤烟竹里村。凭高聊一望,归思隔吴门。"皇祐中,王荆公以舒倅被旨来相水事,到邑已深夜,舣舟寺之前,秉火炬登山,阅二公之诗,一夕和竟,诘旦即回棹。其诗云:"僧蹊踏青苍,莓苔上秋床。霜翰饥更清,风花远亦香。埽石出古色,洗松纳空光。久游不忍还,迫迮冠盖场。""峰岭互出没,江湖相吐吞。园林浮海角,台殿拥山根。百里见渔艇,万家藏水村。地偏来客少,幽兴祇柴门。"此四诗,为山中之绝唱。

陈龙图使高丽

　　陈睦字子雍,嘉祐六年登进士科,名在第二。治平中,诏举馆阁才行之士,子雍与刘攽、李常宁、李清臣辈首被选擢。熙宁、元丰间,高丽屡航海修贡,朝廷以为恭,选使往谕之。初命林希子中,力辞。更命睦,睦即日就道。神宗大喜,语辅臣曰:"林希无亲,坚辞不行;陈睦亲在,乃不惮于往。"因出希知池州;假睦起居舍人,直昭文馆,特赐黄金带。受命七日而行,涉海逾月,出入惊涛中,遂抵其国。使还,乃真拜所假官职,且令服所赐黄金带。又赐黄金盏于令式外以为宠。俄直龙图阁、知潭州,卒。二子:彦文经仲,尝跻法从;彦武纬叔,为提举官。墓在南峰山。

　　初,林希枢密买卜于京师,孟诊为作卦影,画紫袍金带人对大水而哭。林以为高丽之役涉瀚海,故力辞之。后出知池州,继遭丧祸,其验不在彼而在此,始知祸福不可避也。

朱乐圃先生

朱长文字伯原，未冠擢进士第，英声振于士林。元祐初，充本州教授，入朝除秘书省正字、枢密院编修官。后以疾解任，退居于家。所居在雍熙寺之西，号乐圃坊。地有高冈清池，乔松寿桧，先生以志不得达，栖隐于中。潜心古道，笃意著述，人莫敢称其姓氏，但曰“乐圃先生”。乐圃在钱氏时，号“金谷”。方子通尝有诗云：“吴门此圃号金谷，主人潇洒能文章。”子通又尝著《乐圃十咏》：一曰《乐圃》，二曰《邃经堂》，三曰《琴台》，四曰《墨池》，五曰《鱼溪》，六曰《咏斋》，七曰《灌园亭》，八曰《见山冈》，九曰《峨冠石》，十曰《洌泉井》。常公安民尝造先生隐居，爱其趣识志尚洒然有异于人，而惜其遗逸沉晦，因观所著《续图经》，遂作序以纪之。

海涌山

虎丘旧名海涌山，阖闾王既葬之后，金精之气化为虎，踞其坟，故号“虎丘”。山椒有二伽蓝，列为东西，白乐天有东武丘、西武丘诗，颜鲁公亦云：“不到东西寺，于今五十春。”今之西庵，所谓西武丘也。“虎”字避唐讳，改曰“武”。

卢通议

卢革字仲辛，本德清人。少奇颖，举神童，年十六，擢进士乙科。庆历间，知龚州。时蛮人入寇桂管，公经画军须，以应办闻。历婺、泉二州，除广南提点刑狱、福建湖南两转运使。力请郡以自效，神宗嘉之，顾执政曰：“卢革恬退如此，可与一佳郡。”遂除宣州。未几告老，迁光禄卿致仕。以子贵，进秘书监、太子宾客。官制行，改太中大夫。哲宗践阼，迁通议大夫。退居于吴十五年，年八十二卒。子秉。今卢提刑桥，即公所居之地也。先殿院既以散秩养疴，日与宾客酌酒赋诗自娱,公诚悫庄重,有前辈之风,先殿院雅好其为人,朝夕与之议论。公性不甚饮,每劝之,酒至三分,则起而拱手,曰:"已三分矣。"至五分,则曰:"已五分矣。"其他率以是应之。既去,先殿院审执事者,皆曰:"客之言毫发不妄。"由是益器重之。

阊 门 楼 诗

阊门旧有楼三间,予犹及见之。陆机《吴趋行》云:"阊门何峨峨,飞阁跨通波。重栾承游极,回轩启曲阿。"苏子美诗云:"年华冉冉催人老,云物潇潇又变秋。家在凤凰城下住,江山何事苦相留?"更建炎兵火,不复存矣。

章守子用皂盖

元丰中,章岵岷之弟。朝议为郡守,刚介不可屈,人因目之曰"章硬颈"。其子出入,用皂绢盖,肩舆不过二人。

随 缘 居 士

黄策字子虚,彦之子。中进士乙科,为雍丘县主簿。元符末,诏许中外言事。时昭慈既复位号,典册有未尽正者,因上书引古义力争之。崇宁初,党论起,名入党籍,羁置登州。会赦,还乡里,遂休官,号"随缘居士"。钦庙尝书"随缘"二字赐之,藏宸翰于家。著《随缘居士记》,书之于壁。建炎中,追录党人,除直秘阁。公无疾,端坐而逝,葬光福山,自题其墓曰"随缘居士之塔"。

石 点 头

今虎丘千人座旁,有石点头,《十道四蕃志》云:"生公,异僧竺道生也。讲经于此,无信之者,乃聚石为徒,与谭至理,石皆为点头。"

轨 革 卦 影

韩中孚字应天,将游上庠,闻市肆有精轨革术者,应天筮之。画一金章紫绶人,有赉色瓶在其旁,后有一人处圆圈中。术士谓之曰:"君此行未必到阙,中途必为贵人所留。"应天未之信。行次南徐,适朱行中龙图为郡守,与之厚善,闻其来,倒屣迎之,延于郡圃。朱平生爱一赉色酒壶,因宴出示之。圃中有草庵,其状甚圆,应天寝于其间,与卦影所画,无一不验。以此知不惟饮啄前定,虽受用之物,寝处之地,亦非偶然者。

梦 石 天 王 像

后唐时,慧聚寺有绍明律师,僧中杰出者。居半山弥勒阁,一夕梦神人曰:"檐前古桐下有石天王像与铜钟,师宜知之。"诘旦,掘其地,果获此二物。今尚龛置壁间,形制极古,故前辈有诗云:"一旦石像欲发现,先垂景梦鸣高冈。"常熟破山恩高僧,尝学于绍明,见本朝《僧史》。

改 正 洪 范

余焘字元辅,方舍法欲行,上书引成周事力赞之,因命以官,累迁至正郎。后复上书改《洪范》篇,自"王省惟岁","月之从星,则以风雨"乃属之"四,五纪:一曰岁,二曰月,三曰日,四曰星辰,五曰历数"之下,谓九畴皆有衍文,惟"四,五纪"无之。至于"八,庶征"之后,既言"肃,时雨若"止"蒙,常风若",意已断矣,而又加"王省惟岁",已下之文,则近于赘。或者是其说。然为台谏所弹,不果施行。

范 文 正 四 子

文正四子:纯佑字天成,纯仁字尧夫,纯礼字彝叟,纯粹字德孺。长子少有大志,惜乎享寿不遐,终军器簿。尧夫位丞相。彝叟为右丞。德孺亦跻法从。平时文正喜收接名士,如孙明复、胡安定之徒,皆出其门。朝夕与其子弟讲论道德,故贤行成于所习云。

林 酒 仙

国初时,长洲县东禅寺有僧曰遇贤,姓林氏,以其饮酒无算,且多灵异,故乡人谓之林酒仙。口中可容两拳,尝醉于酒家,每出,群聚而观之者不绝。能自图其形,无毫厘不相似。好赋诗,虽多俗语,中含理致,然亦有清婉者,如云:"扬子江头浪最深,行人到此尽沉吟。它时若向无波处,还似有波时用心。""门前绿柳无啼鸟,庭下苍苔有落花。聊与东风论个事,十分春色属谁家?""心闲增道气,忍事敌灾屯。谨言终少祸,节俭胜求人。"若此之类,皆名言也。真身塑寺中。

章 岷

章岷字伯镇,尝为平江军推官,文声甚著。与曾大父同登天圣五年第,情好极密。高祖殿院墓铭,乃其所作也。范文正公有《和章岷从事斗茶歌》及《同登承天寺竹阁》诗。

鮠　鱼《广韵》:鮠,吾灰切,鱼名,似鲇。
《集韵》:吾回切,鱼名,鳀之小者。

鮠鱼出吴中,其状似鲇。隋大业中,吴郡尝献海鮠鱼干脍四缶,遂以分赐达官。皮日休诗云:"因逢二老如相问,正滞江南为鮠鱼。"

徐都官九老会

徐祐字受天,擢进士第,为吏以清白著声。庆历中,屏居于吴,日涉园庐以自适。时叶公参亦退老于家,同为九老会。晏元献、杜正献皆寓诗以高其趣。晏之首题云:"买得梧宫数亩秋,便追黄绮作朋俦。"杜之卒章云:"如何九老人犹少,应许东归伴醉吟。"时与会者才五人,故杜诗及之。享年七十有五,终都官员外郎。子仲谋,屡持麾持节;女适枢密直学士施昌言。

卷第三

叶 道 卿

　　叶清臣字道卿,少列之子。天圣二年,刘筠知贡举,得公所对策,奇之,擢为第二。国朝以来,以策擢高第,自清臣始。宝元中,为两浙转运使。康定初,知制诰。庆历初,出知江宁府,召入为翰林学士。俄丁父忧,有诏起复为边帅,力辞不行。免丧,知邠州,改知澶州,又改青州、永兴军。皇祐初,复召入为三司使。帝尝访以御边之策,公对曰:"陛下御天下二十八年,未尝一日自暇逸,而叛羌黠虏,频年为患。诏问:'辅翼之能,方面之才,与夫帅领偏裨,当今孰可以任此者?'臣以为不患无人,患有人而不能用尔。今辅翼之臣,抱忠义之深者,莫如富弼;为社稷之固者,莫如范仲淹;谙方今政事者,莫如夏竦;议论之敏者,莫如郑戬。方面人才,严重有纪律者,莫如韩琦;临大事能断者,莫如田况;刚果无顾避者,莫如刘涣;宏远有方略者,莫如孙沔。至于帅领偏裨,贵能坐运筹策,不必亲当矢石,王德用素有威名,范仲淹深练军政,庞籍久经边任,皆其选也。狄青、范全,颇能驭众,蒋偕沈毅有术略,张亢倜傥有胆勇,刘贻孙材武刚断,王德基纯悫劲勇,此可补偏裨者也。"上用其言,皆见信任。未几,出守河阳,卒。公识度奇拔,议论出人意表,其立朝也,数以忠言鲠论启沃上心,而娼忌者众,竟不果大用。范文正公尝为文祭之云:"浚学伟文,发于妙龄。天然清流,不杂渭泾。"又云:"高节莫屈,直言屡诤。朝廷风采,搢绅辉映。天子知人,期以辅政。弗谐而去,能不曰命。"数语尽之矣。

观 风 楼

　　子城之西,旧建楼其上,名"观风"。范文正公作守时,尝赋诗云:

"高压郡西城,观风不浪名。山川千里色,语笑万家声。碧寺烟中静,红桥柳际明。登临岂刘白,满目是诗情。"在唐但谓之"西楼",白乐天有《西楼命宴》诗。后改为"观风",今复名"西楼"矣。

三　高　亭

越上将军范蠡、江东步兵张翰、赠右补阙陆龟蒙,各有画像在吴江鲈乡亭旁。东坡先生尝有《吴江三贤画像》诗。后易其名曰"三高",且更为塑像。臞庵主人王文孺献其地雪滩,因迁之。今在长桥之北,与垂虹亭相望,石湖居士为之记。

程　光　禄

程师孟字公辟,所居在南园之侧,号昼锦坊。自高祖思为钱氏营田使,因徙姑苏。擢景祐元年进士第,知吉水、钱塘二县,皆有政声。后通判桂州。庆历中,诏近侍二十人,各举所知,于是柳植、施昌言荐公可任。除知南康军,又知楚、遂二州,提点夔路刑狱。属岁大饥,公行部,以常平粟赈民,犹不足,即奏发仓以济之。吏劝须报,公曰:"本道至都五千里,报至则民殍矣。"遂活饥民四十余万。擢提点河东路刑狱。岢岚等郡无常平粟,边民饥,或窜蕃境。公得请,出祠部牒,募民纳粟置廪,以备荒岁。汾、晋之旁,山谷之水,可以溉田,公为醻渠续通泉源,所溉者无虑万顷。召拜三司度支判官。居一岁,知洪州,兴利除害,一方甚赖之。英宗即位,召判三司都磨勘司,委公商度河北四榷场利害。公请减物直,偿阁欠,以来北贾。使还,除利州路转运使、江南西路转运使。始,江西茶禁既通,赋民纳茶租,谓之白纽钱,民甚患之。公奏令鬻茶者,计斤输秤头钱代其数,以宽民力。至熙宁中,以公之请颁下诸路。俄传交阯为寇,遂以公直昭文馆、知福州。一新学宫,礼先生贤士,以厚教育之意。铁钱乱币,公为罢之。饩疾救荒,苏息以万计。闽中父老有云:"自国朝守吾郡者,谢谏议泌,以惠爱著;蔡端明襄,以威名显;兼之者惟公而已。"移知广州。广控蛮粤，而无藩垣捍御之备。公至，则请作西城，广逾十二里，由是广人有自安之计。大修学校，日引诸生讲解，负笈而来者相踵。诸蕃子弟，皆愿入学。秩满，除右谏议大夫，再任。公治广六年，威爱并行。上遣中使抚问，召判三班院，迁给事中、充集贤殿修撰、判都水监，改判将作监，出知越州。公至越，宽猛适中而事自治，民皆爱之，又逾于洪、福、广也。官制行，换太中大夫。青社阙帅，以通议大夫充京东安抚使。期年政成，上疏告老，迁正议大夫致仕。哲宗即位，授光禄大夫。卒年七十八，葬横山。公强敏精察，出于天性，凡临治五大镇，断正滞讼，辨活疑罪，盖不可胜计。所至之地，囹圄空虚，道不拾遗。既去，民为立祠，刊石颂德。乐圃先生少许可，至言公政事，则曰："虽韦丹治豫章，孔戣帅岭南，常衮化七闽，无以加也！"故天下以为才臣吏师。有诗集二十卷，奏议十五卷。

丁晋公饭僧疏

丁晋公南迁日，梦南岳懒瓒禅师，遂舍白金一笏，饭僧于潭州。自制斋疏云："右。伏以佛垂遍智，道育群情，凡欲拯于倾危，必豫形于景贶。某，白衣干禄，叨冢宰之重权；丹陛宣恩，忝先皇之优渥。补仲山之衮，虽曲尽于寸心；和傅说之羹，实难调于众口。尝于安寝，忽梦清容。妙训泠泠，俾尘心而早悟；真仪隐隐，恨凡目以何知。盖以智未周身，事乖远虑。既祸临而不测，诚灾及以非常。出向西京，感圣恩而宽宥；窜于南裔，当国宪以甘心。咎实自贻，孽非他作。念一家而散地，思万里以何归？既为负国之臣，永废经邦之术。程游湘土，道假堙山。正当烦恼之身，忽接清闲之众。方知富贵，难保始终。直饶鼎食之荣，岂若盂羹之美。持形归命，恭发精诚。捐施白金，充羞净供。仰苾蒭之高德，报懒瓒之深慈。冀保此行，乞无他患。惟愿天回南眷，泽赐下临。免致边夷，白日便同于鬼趣；赐归中夏，黄泉亦感于君恩。虔罄丹诚，永繫法力。卑情不任，激切之至。""补仲山之衮，虽曲尽于寸心"，今多作"巧心"。后人见晋公以智巧败，故改云"惟其曲尽于巧心，是以难调于众口"。不知以"巧"对"众"，未如"寸"字为切。

蔡君谟题壁

张子野宰吴江,因如归旧亭撤而新之。蔡君谟题壁间云:"苏州吴江之滨,有亭曰如归者,隘坏不可居。康定元年冬十月,知县事秘书丞张先,治而大之,以称其名。既成,记工作之始,以示于后。"

郏正夫

郏亶字正夫,太仓人。起于农家,自幼知读书,识度不类凡子。年甫冠,登嘉祐二年进士第。昆山自国朝以来,无登第者,正夫独破天荒。后住金陵,遣其子侨,就学于王荆公,尝有贽见诗云:"十里松阴蒋子山,暮烟收尽梵宫宽。夜深更向紫微宿,坐久始知凡骨寒。一派石泉流沉潋,数庭霜竹颤琅玕。大鹏泛有抟风便,还许鹪鹩附羽翰。"荆公一见奇之。今集中有《谢郏亶秘校见访于钟山》诗云:"误有声名只自惭,烦君跋马过茅檐。已知原宪贫非病,更许庄周智养恬。世事何时逢坦荡,人情随分就猜嫌。谁能胸臆无尘滓,使我相从久未厌。"自此声价颇重。熙宁中,为司农寺丞,上书言水利,朝廷以其功大役重,颇难之。正夫条水之利害,著成一书,今刊行于世。未几,复司农寺丞,除江东运判。元祐初,入为太府寺丞,出知温州。以比部郎中召,未至而卒,年六十有六,葬于太仓。孙升卿,登第,守徽、常二州。

公初授睦州团练推官,知杭州於潜县。未赴,以水利、役法、盐、铜、酒五利献诸朝。丞相王文公安石奇之,除司农寺丞,旋出提举两浙水利。议者以其说非便,遂罢免。已而归,治所居之西积水田曰大泗荡者,如所献之说,为圩岸、沟洫、井舍、场圃,俱用井田之遗制,于是岁入甚厚。即图其状以献,且以明前日之法非苟然者。复召为司农寺主簿,稍迁丞,预修司农寺敕式,颇号完密。除江东路转运判官。

陈君子父殿丞

殿中丞陈质,德行著于乡里。其死也,范文正公挽之云:"贤者逝如此,皇天岂易知!众人皆堕泪,君子独安碑。几世传清白,满乡称孝慈。贤哉生令嗣,遗秀在兰芝。"公有二子,曰郢、曰之奇,皆为吴中高士。

郁 林 石

陆龟蒙居临顿里,其门有巨石。远祖绩,尝仕吴,为郁林太守,罢归无装,舟轻不可越海,取石为重。人称其廉,号郁林石。

谢 希 深

谢绛字希深,太子宾客涛之子。大中祥符八年,登进士甲科。杨文公荐其才,召试馆职,充秘阁校理。景祐元年,丁父忧,服除,召试知制诰。欧阳文忠公尝云:"三代以来,文章盛者称西汉。公于制诰尤得其体,常、杨、元、白不足多也。"宝元初,知邓州,卒,年四十有五。公自少而仕,凡三十年间,自守不回,而外亦不甚异,一时贤士大夫无不敬之。子景初、景温,皆为时名儒。

范文正公还乡

文正公自政府出,归乡焚黄,未至近邑,先投远状。或以为太过,公曰:"'维桑与梓,必恭敬止',敢不尽礼乎?"既至,搜外库,惟有绢三千匹。令掌吏录亲戚及闾里知旧,自大及小,散之皆尽,曰:"宗族乡党,见我生长,幼学壮仕,为我助喜。我何以报之?"又买负郭常稔之田千亩,号曰义田,以济养群族,择族之长而贤者一人主之。其计日食人米一升,岁衣人二缣,嫁女者钱五十千,娶妇者二十千,再嫁者三十千,再娶者十五千,葬者如再嫁之数,葬幼者十千。族之聚者九十口,岁入粳稻八百斛,以其所入给其所聚,仕而家居俟代者预焉,仕而之官者罢其给。公虽没,后世子孙修其业,承其志,如公存也。

清 远 道 士 诗

清远道士《同沈恭子游虎丘寺》诗云:"我本长殷周,遭罹历秦汉。四渎与五岳,名山尽幽窅。及此寰区中,始有近峰玩。近峰何郁郁,平湖渺弥漫。吟挽川之阴,步上山之岸。山川共澄澈,光彩交零乱。白云蓊欲归,青松忽消半。客去川岛静,人来山鸟散。谷深中见日,崖幽晓非旦。闻子盛游遨,风流足词翰。嘉兹好松石,一言常累叹。勿谓予鬼神,忻君共幽赞。"清远道士,竟不知其为何人? 以鬼神自谓,亦怪之甚者。颜鲁公、李德裕、皮日休、陆龟蒙皆有和篇。沈恭子亦莫详其因,诗中有"风流""词翰"之称,必神怪之俦也。

幽 独 君 诗

唐时虎丘石壁,隐出幽独君诗二首,其一云:"幽明虽异路,平昔忝工文。欲知潜寐处,山北有孤坟。"其二云:"高松多悲风,萧萧清且哀。南山接幽垅,幽垅空崔嵬。白日徒昭昭,不照长夜台。虽知生者乐,魂魄安能回? 况复念所亲,恸哭心肝摧。恸哭更何言,哀哉复哀哉!"其辞甚奇怆。后人又有赋《答幽独君》一诗,不知谁氏所作。

本 禅 师

宗本圆照禅师,乃福昌一饭头。福昌,承天寺子院。懵无所知,每饭熟,必礼数十拜,然后持以供僧。一日忽大悟,恣口所言,皆经中语,自此见道甚明。后住灵岩,近山之人,遇夜则面其寝室拜之。侍僧以告,遂置大士像于前。人有饭僧者,必告之曰:"汝先养父母,次办官租,如欲供僧,以有余及之。徒众在此,岂无望檀那之施？须先为其大者。"其它率以是劝人。仁宗尝召至京师,赐金襕衣,加圆照师号。后复归本山。

　　旧传宗本至京师,有一贵戚欲试之,因以猾倡荐寝。本登榻,鼻息如雷,其倡为般若光所烁,通夕不寐。翌旦,炷香拜之曰:"不意今日,得见古佛。"

吴王拜郊台

吴王拜郊台,在横山之上,今遗迹尚存。春秋时,王政不纲,以诸侯而为郊天之举,僭礼亦甚矣。

范　贯　之

范师道字贯之,文正公之侄。登天圣八年甲科,尝知广德县,有治状。孙甫之翰荐之,通判许州。至和元年,吴育春卿荐公,召拜侍御史。公之少也,有经纶天下之志；其长也,遇事未尝屈。及为上耳目,夙夜思所以称职者。始见上,即陈愿择贤相以久其任；既而论奏二府与近侍不法事,上多用其言。俄出知常州,御史府极言其不平,宰相亦以是罢去,而公之名迹愈闻天下。移广东路转运使,又移两浙。未几,拜起居舍人、同知谏院。嘉祐四年,百官上尊号,公独谏以谓无益于治体,而有损圣主谦尊之德；至言诸阁女御例迁,因灾异以明天意。上皆深然之。兼迁侍御史知杂事。会大臣居机宥者无远谋,继而进者,复不协时论。公论列甚切,上虽纳其奏,然用是出知福州,召为三司盐铁副使。嘉祐八年,以疾请郡,除户部郎中、直龙图阁、知明州。下车未久,卒,年五十有九。公出入台谏凡九载,朝廷之事,闻无不言,言必欲行。如择宗室以备问安之职,请士大夫终葬始得从仕,限民田以均民产,抑贪墨以清守令,止内降以杜渐,立私庙以广孝,择知典故近臣以任太常礼乐之官,减色役以恤民力之困,皆天下之急务,而众所愿行者。有奏议二十卷,文集五十卷。尝为唐史,著君臣治忽之迹,命藏秘阁,有诏褒美。子世京、世亮,皆举进士第。所居在承天寺前,号豸冠坊。葬天平山,赵清献公志其墓。

南翔寺

昆山县临江乡,有南翔寺。初,寺基出片石,方径丈余,常有二白鹤飞集其上,人皆以为异。有僧号齐法师者,谓此地可立伽蓝,即鸠财募众,不日而成,因聚其徒居焉。二鹤之飞,或自东来,必有东人施其财;自西来,则施者亦自西至。其它皆随方而应,无一不验。久之,鹤去不返。僧号泣甚切,忽于石上得一诗,云:"白鹤南翔去不归,惟留真迹在名基。可怜后代空王子,不绝薰修享二时。"因名其寺曰"南翔"。寺之西又有村名"白鹤"。

张敏叔

张景修字敏叔,人物萧洒,文章雅正,登治平四年进士第。虽两为宪漕,五领郡符,其家极贫窭,僦市屋以居。尝有绝句云:"茅檐月有千金税,稻饭年无一粒租。生事萧条人问我,水芭蕉与石菖蒲。"观其诗,大抵多清淡。尝题集清轩诗云:"洗竹放教风自在,傍溪看得月分明。"又多好用俗语,如《得五品服》诗云:"白快近来逢素鬓,赤穷今日得朱袍。"又《谢人惠油衣》诗云:"何妨包裹如风药,且免淋漓似水鸡。"盖以文滑稽也。旧尝作古风《送朱天锡童子》云:"黄金满籯富有余,一经教子金不如,君家有儿不肯娱,口诵《七经》随卷舒。渥洼从来产龙驹,鸑鷟乃是真凰雏。一朝过我父子俱,自称穷苦世为儒。雪窗夜映孙康书,春陇昼荷儿宽锄。翻然西入天子都,出门慷慨曳长裾。神童之科今有无,谈经射策皆壮夫。古来取士凡数涂,但愿一一令吹竽。甘罗相秦理不诬,世人看取掌中珠。折腰未便赋归欤,待君释褐还乡闾。"初,景修为汝州梁令,作此诗。天锡既到阙下,忘取本州公据,为礼部所却,因击登闻鼓,缴景修诗为证。神宗一见,大称赏之。翌日,以语宰相王珪,而恨四方有遗材,即令召对。珪言:"不欲以一诗召人，恐长浮竞，不若俟其秩满，然后擢用之。"遂止，令中书籍记姓名。比罢官，而神宗已升遐矣。景修历仕三朝，每登对，上必问："闻卿作《朱童子》诗，试为举似。"由此诗名益著。终祠部郎中，年七十余卒。平生所作诗几千篇，号《张祠部集》。子汉之。汉之尝宰昆山，颇缓于索租，邑人戏云："渠家自来无此，故不与人索也。"敏叔有《花客诗》十二章。梁县属汝州。

昆山夫子庙

唐制，郡邑皆得置夫子庙。自黄巢之乱，存者无几。昆山之庙，更五代五六十年不建。自本朝太平兴国三年，钱氏纳土请吏，朝廷始除守以治之。至雍熙初，征事郎边仿首为昆山宰，因其遗址重立。夫子庙门阙甚丽，状十哲像于其旁，王元之为作记。景祐初，范文正请立郡庠，于是县亦有学矣。

孙 子 和

孙冲字子和，登熙宁六年进士第。少负才名，为荆公之客，尝著《乡党》《傅说》二论，荆公甚奇之。后宰和之含山，号为循吏，律己甚正，一毫无妄取。秩满，率家人解其归装，老获有畜一砧者，子和视之曰："非吾来时物也。"命还之。其它大率类此。鹗章交上，改宣德郎。未几，卒于京师，年三十有五。无子，以族侄峻为嗣，峻尝倅江州，终朝请大夫。

子和妻，予之姑氏。又与叔祖朝议为同年。叔祖尝以诗挽之云："结发欣同籍，联姻喜素风。期君千里逸，耀我一枝穷。新命拖绅后，残编旅笥中。空余《循吏传》，纪次在元丰。"

张 翰

东晋张翰，吴人，仕齐王冏，不乐居其官。一日，在京师见秋风忽起,因作歌曰:"秋风起兮佳景时,吴江水兮鲈正肥。三千里兮家未归,恨难得兮仰天悲。"遂弃官而还。国初,王贽运使过吴江,有诗云:"吴江秋水灌平湖,水阔烟深恨有余。因想季鹰当日事,归来未必为莼鲈。"贽之意谓翰度时不可有为,故飘然引去,实非为鲈也。至东坡赋《三贤》诗则曰:"浮世功名食与眠,季鹰真得水中仙。不须更说知几早,只为鲈鱼也自贤。"其说又高一著矣。

皮 日 休

皮日休字袭美,唐咸通十年为郡从事。居官才一月,陆鲁望以所业见之,自此交从甚密,更迭倡和,无虑数百篇,总目之曰《松陵集》。松陵,吴江别名也。日休自有著述,号《鹿门子书》。

桥 名

城中有桥梁三百六十所,每桥刻名于旁者,始于郡守韩子文度支,兵火后间有缺者。

> 福昌长老正桥,颇具眼,禅林多宗之。一日升座,有问话者云:"苏州三百六十座桥,那座是正桥?"答云:"度驴度马。"

贺 方 回

贺铸字方回,本山阴人,徙姑苏之醋坊桥。方回尝游定力寺,访僧不遇,因题一绝云:"破冰泉脉漱篱根,怀衲遥疑挂树猿。蜡屐旧痕浑不见,东风先为我开门。"王荆公极爱之,自此声价愈重。有小筑,在盘门之南十余里,地名横塘。方回往来其间,尝作《青玉案》词云:"凌波不过横塘路。但目送、芳尘去。锦瑟华年谁与度?月桥仙馆,绮窗朱户。唯有春知处。 碧云冉冉衡皋暮,彩笔新题断肠句。试问闲愁知几许?一川烟草,满城风絮,梅子黄时雨。"后山谷有诗云:"解道江南断肠句,只今唯有贺方回。"其为前辈推重如此。初,方回为武弁，李邦直为执政，力荐之，其略谓："切见西头供奉官贺某，老于文学，泛观古今，词章议论，迥出流辈。欲望改换一职，合入文资，以示圣时育材进善之意。"上可其奏，因易文阶，积官至正郎，终于常倅。

白 公 桧

白乐天为守时，恩信及民，皆敬而爱之。尝植桧数本于郡圃后，人目之为"白公桧"，以况甘棠焉。

癸 甲 先 生

潘勺字叔治，登进士第，为吴兴郡掾。后绝意禄仕，遍游天下佳山水，尝为《雁荡百咏》，其末云："都为画工图不得，一时收拾作诗归。"自号癸甲先生，或问其故，曰："始终之义也。"后果以癸日亡，甲日殓。

方 子 通

方惟深字子通，本莆田人，其父屯田公葬长洲县，因家焉。最长于诗，尝过黯淡滩，题一绝云："溪流怪石碍通津，一一操舟若有神。自是世间无妙手，古来何事不由人。"王荆公见之大喜，欲收致门下。盖荆公欲行新法，沮之者多，子通之诗，适有契于心，故为其所喜也。后子通以诗集呈荆公，侑以诗云："年来身计欲何为？跌宕无成一轴诗。懒把行藏问詹尹，愿将生死遇秦医。丹青效虎留心拙，斤匠良工入手迟。此日知音堪属意，枯桐正在半焦时。"凡有所作，荆公读之必称善，谓深得唐人句法。尝遗以书，曰："君诗精淳警绝，虽元、白、皮、陆，有不可及。"子通游王氏之门，极蒙爱重，初无一毫迎合意，后以特奏名授兴化军助教。隐城东故庐，与乐圃先生皆为一时所高。每部使者及守帅下车，必即其庐而见之。前后上章论荐者甚众，子通竟无禄仕意,其于死生祸福之理,莫不超达。尝造一园亭,不遇主人,自盘礴终日,因题于壁间云:"何年突兀庭前石,昔日何人种松柏。乘兴间来就榻眠,一枕春风君莫惜。城西今古阳山色,城中谁有千年宅? 往来何必见主人,主人自是亭中客。"其洒落类如此。仲殊一日访子通,有绝句云:"多年不见玉川翁,今日相逢小榭东。依旧清凉无长物,只余松桧养秋风。"可见其清高矣。年八十三而卒,有诗集行于世。无子,一女适乐圃先生之子发。

破　山　诗

常建诗云:"竹径通幽处,禅房花木深。山光悦鸟性,潭影空人心。"此题常熟破山也。旧传有四高僧讲经山中,一老翁日来听法,久之,问翁所从来,答曰:"吾非人也,龙也。"因问:"本相可得见乎?"曰:"可。"已而果以全体见。僧恐甚,亟诵揭谛咒语。揭谛神与龙角力,龙不能胜,破其山而去。《续图经》所载不同,谓白龙与一龙斗,未知孰是。

甫　里

甫里在长洲县东南五十里,乃江湖散人陆龟蒙字鲁望躬耕之地。散人庙食于此,一方之人至今想其高风,常夸示于四方,以为荣焉。《唐书》云散人乃唐相元方七世孙,又自号天随子。著《笠泽丛书》若干卷。

有　脚　书　厨

叔祖讳程,字信民。刚正自守,不惑于祸福。尝愤圣道不明,欲排异端之学,家不置释老像,祭祀未尝焚纸钱,儒家甚宗之。自幼读书于南峰山先都官墓庐,攻苦食淡,手未尝释卷。记问精确,经传子史,无不通贯,乡人号为"有脚书厨"。尝题一绝于壁间,云:"月度疏橹起更慵,坐听澄照五更钟。却思潮上西兴急,风绕山前万个松。"登熙宁六年进士第,历西安丞、桐庐令。子况,既登郎省,赠左朝议大夫。

泰　　娘

泰娘,吴之美妇人也。刘禹锡诗云:"有时妆成好天气,走上皋桥折花戏。风流太守韦尚书,路傍忽见停隼旟。"

南　园　诗

南园乃广陵王旧圃,中有流杯旋螺亭,亚于沧浪之景。王黄州为长洲时,无日不携客醉饮。尝赋诗云:"他年我若功成后,乞取南园作醉乡。"今园中大堂,遂以"醉乡"名之。大观末,蔡京罢相,欲东还,诏以其园赐之。京即以诗赠亲党,云:"八年帷幄竟何为,更赐南园宠太师。堪笑当时王学士,功名未有便吟诗。"黄州之诗,不过寓意耳,京遽以无功名诮之。黄州虽终为黜臣,其名与天地同不朽。京居相位二十年,又处师垣之尊,至今虽三尺之童,唾骂不已,其贤不肖何如也?

朱　子　奢

朱子奢,苏州人,太宗时为宏文馆学士。帝尝诏:"起居记录臧否,朕欲见之。"子奢曰:"陛下举无过事,虽见无嫌;然以此开后世史官之祸,可惧也。"帝深纳之。见《唐书·儒学传》。

钱　氏　纳　土

太平兴国三年,陈洪进奉表献漳、泉两郡,诏授洪进武宁军节度使,留京师奉朝请。是岁,钱忠懿王俶上表献十三州之地。钱氏纳土,盖在陈氏之后,或说以为兴国二年,非也。

白 马 硐

南峰山北有聚落,号白马硐。昔支遁骑白马而来,饮于硐中,因以名焉。山之颠有石坎然,号马迹石。又有一石室,号支遁庵,乃其修习之地也。

禅 月 大 师

万寿寺有禅月阁,禅月者,唐僧贯休也。生于婺之兰溪,自祝发为僧,遍参名德,又善作诗文,有《西岳集》行于世。性好图画古佛,尝自梦得十五罗汉梵相,既而尚缺其一,未能就,梦中复有告之曰:"师之相乃是。"遂如所告,因照水以足之,今其画尚传。既至吴,寓迹万寿甚久,后入蜀死,葬于成都。平生行业,具载《白莲塔铭》。

卷第四

太公避地处

常熟海隅山有石室十所，昔太公避纣居之。孟子谓"太公避纣居东海之滨"者，此也。常熟去东海止六七十里，故谓之海滨。杨备郎中尝作诗纪其事。

范忠宣公

范纯仁字尧夫，为人宽厚长者。文正尝使至乡，还至京口，见石曼卿数丧未举，尽以麦舟与之。苏黄门称其为佛地位中人，观此亦可以见矣。元祐初，自庆帅召为给事中，遂执政柄。未几，拜右仆射，凛然有父风烈。为宰相一年，出知颍昌府。既而复入相，坐元祐党，散官安置。元符三年，徽宗即位，复欲召为相，寻即下世。遗表有云："盖尝先天下而忧，期不负圣人之学，此先臣所以教子，而微臣所以事君。"后御笔题其墓碑云"世济忠直之碑"。子正平，字子夷；正思，字子默；学行亦为士林所称。

滕章敏公结客

滕章敏公慷慨豪迈，不拘小节。少嗜酒，浮湛里市，与郑獬毅夫为忘形友，议论风采，照映一世。尝与毅夫及杨绘元素同试京师，自谓必魁天下，与二公约，若其言不验，当厚致其罚。已而郑居榜首，杨次之，公在第三，二公责所约之金，答曰："一人解，一人会，吾安得不居第三？"俱一笑而散。公平生不妄交游，尝作《结客诗》云："结客结英豪，休同儿女曹。黄金装箭镞，猛兽画旗旄。北阁芒星落，中原王气高。终令贺兰贼,不著赭黄袍。"其立志可见矣。

思　贤　堂

郡斋后旧有思贤堂,以祠韦、白、刘三太守,后更名"三贤"。绍兴末,洪内相景严为郡,益以唐王常侍仲舒、本朝范文正之像,复号为"思贤堂",今参政范公作记。郡庠亦有三贤堂,绘文正范公,并安定胡先生,及光禄朱公像于其中。

顾　学　正

顾襄字公甫,为太学上舍生,名声籍甚,士流皆推之。登熙宁九年第,调润州丹徒尉。召还,为太学正。元丰五年,卒于京师。时二亲犹在。郑达夫太宰与公甫为同舍生,以诗挽之云:"可惜病相如,谁寻《封禅书》? 公病渴而卒。双亲千里外,一叶九秋余。风露翻归旐,尘埃锁故庐。虎丘山下路,会葬有乡车。""广文官舍冷如冰,几叹朝衫脱未能。忽买春田埋玉地,犹悬绛帐读书灯。佳名空缀仙都石,妙偈争传海寺僧。一幅粉旌春水漫,惜君谁不涕奔腾。"

郑　希　尹

郑景平字希尹,居带城桥。为人刚正不诡随,莅官有廉声。尝为大理,每有疑狱,中夜焚香露拜,蕲得其情,以故人无冤死者。既而请老家居,朝廷以其精力有余,落职致仕,守鄱阳。到官未半岁,拂袖而归。先君与公厚善,因问其故,答曰:"天子命景平为郡守,当以抚字为职,乃不得行其志,今日须金几百两,明日须银几千两,枯骨头上打不出也,景平后世要人身在。"其志竟不可夺也。时朱勔用事,势可炙手,士大夫俯节从之者甚多,惟公终始无阿附意。子绹,字天和。

执爨诗

程光禄自幼颖悟，年五六岁时，戏剧灶下，家奴嫚之曰："汝能狭劣尔，岂解为文章邪？"公怒曰："吾岂不能！"家奴曰："试为我吟一烧火诗。"即应声曰："吹火莺唇敛，投柴玉腕斜。回看烟里面，恰似雾中花。"甫冠登第。

王元之画像

虎丘御书阁下，有王黄州画像。东坡过苏日见之，自谓想其遗风余烈，愿为执鞭而不可得，因为之作赞。今犹书其上。

双莲堂

双莲堂在木兰堂东，旧芙蓉堂是也。至和初，光禄吕大卿济叔，以双莲花开，故易此名。杨备郎中有诗云："双莲倒影面波光，翠盖风摇红粉香。中有画船鸣鼓吹，瞥然惊起两鸳鸯。"政和中，盛密学季文作守，亦产双莲，范无外赋《木兰花》词云："美兰堂昼永，晏清暑、晚迎凉。控水槛风帘，千花竞拥，一朵偏双。银塘。尽倾醉眼，讶湘娥、倦倚两霓裳。依约凝情鉴里，并头宫面高妆。　　莲房。露脸盈盈，无语处，恨何长。有翡翠怜红，鸳鸯妒影，俱断柔肠。凄凉。芰荷暮雨，褪娇红、换紫结秋房。堪把丹青对写，凤池归去携将。"

孙若虚滑稽

孙实字若虚，早年英声籍甚，性好滑稽。郡庠有同舍生牛其姓者，因作《牛秀才赋》嘲之云："腰带头垂，尚有田单之火；幞头脚上，犹闻甯戚之歌。"又作《书》《语》集句，讥一老生云："孜孜为善鸡鸣起，先王之道斯为美。四十五十无闻焉，斯亦不足畏也已。"时乐圃先生为教授,知之,命其父训敕。孙由此发愤游太学,不数岁登第而归。尝入朝为寺丞,后守台州卒。

慧感夫人

慧感夫人,旧谓之圣姑,或以为大士化身,灵异甚著。祝安上通守是邦,事之尤谨,每有水旱,惟安上祷祈立验。后以剡荐就除台守,既至钱唐,诘旦欲绝江,梦一白衣妇人告之曰:"来日有风涛之险。"既觉,颇异之,卒不渡。至午,飓风倏起,果覆舟数十,独安上得免。一夕,盗入祠中,窃取其幡。平旦庙史入视之,见一人以幡缠其身,环走殿中,因执以问,答曰:"某实盗也,夜半幸脱,已逾城至家矣。今不知潜制于此,神之威灵使然,敢不伏辜。"建炎间,贼胁将至城下,有一居民平昔谨于奉事,梦中告之曰:"城将陷矣,速为之所。谨勿以此告人,佛氏所谓劫数之说,不可逃也。"不数日,兵果至。其它神验不一。后加封慧感显祐善利夫人,今参政范公作记。

元 少 保

元绛字厚之,居第在带城桥。登天圣五年进士甲科,初任金陵幕官,寻即进用,屡为藩郡帅。时有传侬智高余党寇二广者,遂以公知广州,而所传乃妄,因改知越州。公谢上表云:"忽闻羽檄之音,谓有龙编之警。横水明光之甲,得自虚声;云中赤白之囊,倡为危事。"横水明光之甲,乃唐时误传寇至,事见李德裕《献替记》。人服其工。公在金陵时,王荆公之父益为通守,与公厚甚。荆公既相,神宗一日欲谨选翰林学士,公久在外,老于从官,荆公对曰:"有真翰林学士,但恐陛下不能用尔。况已作龙图阁学士,难下迁知制诰。"遂自外迁翰林学士,中外大惊。既就列,有称职之誉。公最长于四六,多取古今传记佳语为之。神宗友爱嘉、岐二王,不许出阁,二王固辞,后因改封,先召公谓之曰:"可于麻词中勿令更辞。"公遂草制,其略云:"列第环宫,弥耸开元之盛;侧门通禁,共承长乐之颜。"神宗甚爱之,自是二王不复辞。未几,参大政。元丰中,罢政知颍州。时以藩邸升为顺昌军节度。公作谢表云:"焘土立社,是开王者之风;乘龙御天,厥应圣人之作。案图虽旧,锡命惟新。"又曰:"兴言骏命之庆基,宜升中军之望府。谓文武之德顺而圣,唐虞之道明而昌。合为嘉名,以侈旧服。"士大夫皆传诵之。后以太子少保致仕,归吴中。公既还乡,与程光禄诸公为九老会,日以诗酒自娱,年七十余卒,有《玉堂集》三十卷。初,公知荆南,尝梦至仙府,与三人连书名,旁有告之曰:"君三人盖兄弟也。"觉而思之,不知所谓。既入翰林为学士,韩持国维、杨元素绘在院。一日因书奏列名,三人偏傍皆从"糸",始悟梦中"兄弟"之意。既而持国、元素皆补外,公亦尹京兆。后三年,复与元素还职,而邓文约绾相继为直院,则三人之名又皆从"糸",盖始终皆同。以此知升沉进退,决非偶然者。许大夫选尝作《四翰林》诗纪其事,公和云:"联名适似三株树,传玩惊看五朵云。"此亦一时之异也。

仲　　殊

　　仲殊字师利,承天寺僧也。初为士人,尝与乡荐,其妻以药毒之,遂弃家为僧。工于长短句,东坡先生与之往来甚厚。时时食蜜解其药,人号曰"蜜殊"。有《宝月集》行于世。慧聚寺诗僧孚草堂,以其喜作艳词,尝以诗箴之云:"大道久凌迟,正风还陵迟。无人整颓纲,目乱空伤悲。卓有出世士,蔚为人天师。文章通造化,动与王公知。囊括十洲香,名翼四海驰。肆意放山水,洒脱无羁縻。云轻三事衲,瓶锡天下之。诗曲相间作,百纸顷刻为。藻思洪泉泻,翰墨清且奇。惜哉大手笔,胡为幽柔词?愿师持此才,奋起革浇漓。骛彼东山嵩,图祖进丰碑。再续辅教编,高步凌丹墀。它日僧史上,万世为蓍龟。迦叶闻琴舞,终被习气随。伊予浮薄人,赠言增忸怩。倘能循我言,佛日重光离。"老孚之言虽苦口,殊竟莫之改。一日造郡中,接坐之间,见庭下有一妇人投牒立于雨中。守命殊咏之,口就一词云:"浓润侵衣,暗香飘砌,雨中花色添憔悴。凤鞋湿透立多时,不言不语厌厌地。　　眉上新愁,手中文字,因何不倩鳞鸿寄?想伊只诉薄情人,官中谁管闲公事?"后殊自经于枇杷树下,轻薄子更之曰:"枇杷树下立多时,不言不语厌厌地。"

如 村

胡峰字仲达,五柳之子。文与行皆能继其父,与方子通为忘年交。后以年格推恩调安远尉,非其志也,乃取老杜"诸孙贫无事,宅舍如荒村"之句,自号"如村老人"。治圃筑室,遗外声利,自放于闲适,而终不出仕。有文集二十卷,号《如村冗稿》,唯室先生及参政周公葵皆为作序。子伯能,登进士第。

郑毅夫吴江桥诗

郑獬字毅夫,尝作《吴江桥》诗寄刘孜叔懋,云:"三百阑干锁画桥,行人波上踏灵鳌。插天蟏蛛玉腰阔,跨海鲸鲵金背高。路直凿开元气白,影寒压破大江豪。此中自与银河接,不必仙槎八月涛。"刘时为吴江尉,亦有和篇,皆刻之石。郑诗题云《寄同年叔懋秘校》,刘于诗前具位,加"榜下"二字于其上,乃原父之弟也。

张几道挽诗

张仅字几道,居万寿寺桥。与顾棠叔思,皆为王荆公门下士,荆公修《三经义》,二公与焉。几道登第,未几捐馆。方子通作挽诗云:"吴郡声名顾与张,龙门当日共升堂。青衫始见登华省,丹旐俄闻入故乡。含泪孤儿生面垢,断肠慈母满头霜。嗟君十载人间事,不及南柯一梦长。"至今诵其诗者,为之出涕,吴人目子通为"方挽词"。几道官至著作郎。

范文正不取烧炼方

范文正少养于朱氏,朱,南京人。文正幼年肄业京学,同舍有病者,亲为调药以疗。病亟,属文正曰:"吾无以报子,平生有一术,游远方未尝穷乏者,用此术也。今以遗子。"因授药一囊,方书一小册。文正不得已留之,未尝取视。后二十余年,得其子还之,封记如故。

夜　航　船

夜航船,唯浙西有之,然其名旧矣。古乐府有《夜航船》之曲。皮日休答陆龟蒙诗云:"明朝有物充君信,榼酒三瓶寄夜航。"

俗　　语

吴人呼"来"为"厘",始于陆德明。"诒我来牟"、"弃甲复来"皆音"厘",盖德明吴人也。又吴人言"罢",则以"休"继之,始于吴王。昔吴王语孙武曰"将军罢休",亦吴语也。

方子通诗误入荆公集

方子通一日谒荆公,未见,作诗云:"春江渺渺抱墙流,烟草茸茸一片愁。吹尽柳花人不见,春旗催日下城头。"荆公亲书方册间,因误载《临川集》,后人不知此诗乃子通作也。

卢　发　运

公讳秉,擢皇祐元年进士第。元丰中,为发运使。其父太中公退老,公每岁上计,得请归乡。后帅泾原,恳辞归养,特赐手诏慰勉,时以为荣。

大　云　翁

　　林宓字德祖,旦之子。擢进士第,为常州教授。在职六年,学者益信服。大观二年大比试,决科者四十余人,于是赐诏曰:"阅前日宾兴之数,较其试中多寡,惟常州为最。苟依常格推恩,非古人进贤受上赏之意。"特改宣德郎。郡守因以"进贤"揭坊名于学之南,郡人荣之。后除河北路提举学事。任满,除开封府左司录。居数月,浩然有归志,优诏如所请。公既勇退,屏置朝服,足不践州县,旧隐在大云坊,因自号"大云翁"。卒年六十六,葬博士坞。平生好古嗜学,有《大云集》一百卷、《神宗皇帝圣训录》一十卷。

花　客　诗

　　张敏叔尝以牡丹为贵客,梅为清客,菊为寿客,瑞香为佳客,丁香为素客,兰为幽客,莲为净客,酴醾为雅客,桂为仙客,蔷薇为野客,茉莉为远客,芍药为近客,各赋一诗,吴中至今传播。

中　吴

　　平江本吴国,在秦属会稽郡。东汉分会稽置吴郡。陈为吴州。隋为苏州,大业末,复为吴郡。唐武德中,复为苏州;乾宁中,钱氏据钱塘,苏、湖之南,悉其奄有。后唐为中吴军节度。皇朝兴国中,置平江军节度,又复为苏州;州尝为徽宗潜藩,遂升为府。

祖姑教子登科

　　予之祖姑,适知泉州德化县李处道。祖姑甚有文,读书通大义,赋诗书字皆过人。其子援登进士第,乃祖姑所亲教也。晚而事佛,诵莲经皆千过,尝问法于圆照禅师,师名之曰守安。年几七十而卒。既得疾,即屏药饵,书《佛顶咒》焚之,灰为丸,并以然灯法授援,曰:"我死置灰丸怀中,然灯如法也。"因起坐诵大士名号,久之而化。既小殓,视其手指屈结,皆成印相,佛徒叹服,以为不可及。张文潜学士为墓志,首记其事。

范　秘　丞

范世京字延祖,龙图公之子。登皇祐五年进士第,调应天府柘城簿、和州历阳令。时龙图公出守四明,公亟走膝下,曰:"人子者事亲之日少,而事君之日多,岂忍旷年失定省邪?"既而龙图公捐馆,扶丧归乡,垢面跣足,昼夜哀号不绝,行道之人,莫不嗟恻。服除,知秀州海盐县,劝民孝友睦姻及耕桑之事,治声动浙右。熙宁初,朝廷锐意改作,召公管勾湖北广惠仓。至京师,论不合,乃辞归旧治。海旁之民,闻公复求,欢呼鼓抃。已而有疾,乞以本官归田里,乃卒,诏授秘书丞致仕。享年四十一。公居乡,与乐圃先生甚厚。有文集若干卷,藏于家。

徐　朝　议

徐师闵,字圣徒,仕至朝议大夫。退老于家,日治园亭,以文酒自娱乐。时太子少保元公绛、正议大夫程公师孟、朝议大夫闾丘公孝终,亦以安车归老,因相与继会昌洛中故事,作九老会。章岵为郡守,大置酒合乐,会诸老于广化寺。又有朝请大夫王琉、承议郎通判苏湜与焉。公赋诗为倡,诸公皆属而和之,以为吴门盛事。元公少保和篇云:"五日佳辰郡政闲,延宾谈笑豁幽关。阊门歌舞尊罍上,林屋烟霞指顾间。德应华星临颍尾,年均皓发下商颜。名花美酒疏钟永,坐见斜晖隐半山。"方子通亦有和篇云:"使君萧洒上宾闲,金地无人昼敞关。风静箫声来世外,日长仙境在人间。诗成郢客争挥翰,曲罢吴姬一破颜。此节东南无此会,高名千古映湖山。"章守以五日开宴,故二诗皆及之。

颜　夫　子

颜长民,登元丰二年进士第。三子:采、为、孚,亦相继擢高科。采字君用,终提举常平;为字仲谦,终严陵守;孚字端中,崇、观间有声于太学。士行甚美,每试必居前列,皆目之为颜夫子,人欲识其面而不可得。既登第,滕枢密康许嫁以女,寻即下世。

信　义　县

昆山在萧梁时,分娄置县号信义,属信义郡。大同初,分信义置昆山焉。华亭,旧亦为苏之属邑,或云尝割昆山之境以县华亭,今华亭亦有昆山,时人尝以片玉比机、云兄弟,而以此为北昆山。县旧有城,《古图经》云,在县东三百步,今谓之东城者是也。近岁耕者于荐严寺田中,得城砖甚多,及箭镞以铜为之,识者疑其为春秋时物。今县之西二十里许,有村曰信义,如娄县之存旧名也,俗遂讹为“镇义”。汴人龚猗,仕至殿中侍御史,居于是村之南,因插银杏枝活,时人异之,目为遇仙云。

李　无　悔

李无悔名行中,本雪川人,徙居淞江。高尚不仕,独以诗酒自娱。晚治园亭,号“醉眠”。东坡先生与之游从,尝以诗赠之。无悔有《读颜鲁公碑》诗云:“平生肝胆卫长城,至死图回色不惊。世俗不知忠义大,百年空有好书名。”又《赋佳人嗅梅图》云:“蚕眉鸦鬓缕金衣,折得梅花第几枝。嗅尽余香不回面,思量何事立多时。”其诗意尚深远,大率类此。

蟹

吴之出蟹旧矣。《吴越春秋》云:“蟹稻无遗种。”又陆鲁望集有

《蟹志》云："渔者纬萧，承其流而障之，曰蟹断。"又曰："稻之登也，率执一穗，以朝其魁，然后纵其所之，今吴人谓之输芒。"

大本钱王后身

圆昭在灵岩时，有一蓝缕道人，自号"同水客"，往造其室中，守门者莫能遏。既而圆照屏侍者与语，有窃听之者，闻圆照末后一语云："汝今几甲子矣？"答云："八万四千恒河沙数甲子。"圆照云："八万四千恒河沙数甲子以前，又作么生？"道人拂袖而出，云："钱大钱大，又待瞒人也。"当时疑圆照为吴越后身，道人为洞宾。

郏正夫失鹤诗

正夫童时作《失鹤诗》云："久锁冲天鹤，金笼忽自开。无心恋池沼，有意出尘埃。鼓翼离幽砌，凌云上紫台。应陪鸾凤侣，仙岛任徘徊。"其志已不凡矣。

黄姑织女

昆山县东三十六里，地名黄姑。古老相传云：尝有织女牵牛星降于此地，织女以金篦划河，河水涌溢，牵牛因不得渡。今庙之西，有水名百沸河。乡人异之，为之立祠。按《荆楚岁时记》：黄姑者，河鼓也。牵牛谓之河鼓，后人讹其声为黄姑。潘子直云："亦犹桑落之语，转呼为索郎耳。"乡人因以名其地。见于题咏甚众，《古乐府》云："东飞伯劳西飞燕，黄姑织女时相见。"李太白诗云："黄姑与织女，相去不盈尺。"李后主诗云："迢迢牵牛星，杳在河之阳。粲粲黄姑女，耿耿遥相望。"刘筠内翰诗云："伯劳东矗燕西飞，又报黄姑织女期。"其它不能尽载。虽非指此黄姑，然得名之由，亦可类推也。祠中旧列二像，建炎兵火时，士大夫多避地东冈，有范姓者经从祠下，题于壁间云："商飙初至月埋轮，乌鹊桥边绰约身。闻道佳期唯一夕，因何朝暮对斯人?"乡人遂去牵牛像,今独织女存焉。祷祈之间,灵迹甚著。每遇七夕,人皆合钱为青苗会,所收之多寡,持杯珓问之,无毫厘不验,一方甚敬之。旧有庙记,今不复存矣。

孙 积 中

孙载字积中,其曾祖汉英仕钱氏,尝为苏州昆山镇防遏使,故为昆山人。公幼岐嶷如成人,既学,为师友所推誉。治平二年,进士及第,为河中府户曹。更三守,皆立威严者,公独与之争曲直,矫矫不少下,终以此见知,或称荐之。中书捡正官察访关中,辟公为官属,公务伙助之,亦不苟与之合。乾祐县去永兴最远,青苗法行,乾祐独不以予民。察访怒,移其令,檄公往案之。公还,言邑小民贫,其徒岁以禾麦博易为生,且立法之初,民未知称贷于公家为利。令无罪,宜复其任。公用荐者迁官,知湖州德清县。公听断精明,不专任刑罚,以开说其是非,出于至诚。讼有累年不决者,闻公一言,感悟相舍而去。熙宁八年,吴越饥,独县中熟,公劝大家乘时倍籴,得米十余万斛。明年春,米价翔踊,公平其直使粜,赖以全活者不可数计。其他便民者,别有数十事,德清人至今德公。又用荐者迁官,知考城县。官制行,换奉议郎。其治考城,如德清于方田也,以最闻。县四邻皆重法,地素饶盗,公明赏格,严保伍,奸无所囊橐。一日,都监与尉来告盗集境上,将以上元掠近郭。至期,公张灯与其僚乐饮,许民嬉游,不禁夜如故事。盗叵测,遂遁去。迄公受代,亦无复鼠窃者。府界提点,荐公于朝,他使者亦相继上公治状。神宗出氏名付中书,盖欲用公矣。未几,除广东路常平,召见便殿以遣之。二广使者,春夏例简出。公至,则犯隆暑遍行所部,宣布德意。哲宗即位,转承议郎。诸路常平官废,公赴吏部,授通判陕州,移广东转运判官。于是公去岭南五年矣。吏有尝不快于公者,颇欲弃官,公闻而慰留之,乃举焉。绍圣初,复诸路常平官,除公河北西路,改知海州。已而除沂州,兴学养士,走书币招礼宿儒,为学者师表,治务大体。迁朝奉大夫、知婺州,移河东路转运判官,又移淮西路提点刑狱。徽宗即位,迁朝请大夫、知亳州。言者谓公尝附荐元祐党人,得提举杭州洞霄宫,即归昆山,日与亲戚闾里,置酒棋弈,道故旧为乐。任且满,本路使者等言:"孙某先朝所选擢,名在循吏,年虽高,精力幸未甚衰,愿使再任,以示优老之意。"诏从之。大观中,迁朝议大夫。未几,公亦自上章,乞守本官致仕。公体素无疾,先一月,至其先人坟垄,遍谒尝所往来者,若将别然。既,亟呼妻子与诀,属以后事,问日早晏,盥手焚香,即寝而逝,享年七十有五,葬高景山。公天资乐易,于吏治尤所长,使四路,典三大郡,咸著循迹。每遇物,无忮害。所至汲引其属,士大夫受荐者至四百余人,多知名且贵显于世者。自少喜读《易》,慕唐人为诗。著《易释解》五卷、《文集》五十卷,藏于家。

王　主　簿

王仲甫字明之,岐公之犹子。风流翰墨,名著一时。后客于吴门,尝有所爱。往京师,为岐公强留之,逾时不返,因作诗云:"黄金零落大刀头,玉箸归期划到秋。红锦寄鱼风逆浪,碧箫吹凤月当楼。伯劳知我经春别,香蜡窥人一夜愁。好去渡江千里梦,满天梅雨是苏州。"此诗效古乐府"稿砧今何在"体,人皆爱其巧。其殁也,丁永州注葆光祭之,有云:"爽秀英拔,出于天资。谈经咏史,博识周知。文华自得,不务竞时。古格近体,率意一挥。金玉锵扬,组绣陆离。世俗所得,特其歌辞。"又云:"生习华贵,不见艰巇。徘徊鸥阁,出入凤池。乘兴南游,旷达不羁。朝赏夕晏,选胜搜奇。摆脱冠裳,却去轮蹄。不惊荣辱,不挂是非。扰扰万绪,付于一卮。颓然终日,去智忘机。"王之为人,于此可见矣。

著　作　王　先　生

著作王先生,程门高弟,讳蘋,字信伯,世居福之福清,父仲举,徙平江。政和元年卒,葬吴县横山桃花坞。志其墓者江公望,书其志者陈瓘也。先生为人,清纯简易,达于从政,有忧时爱君之心,有开物成务之学。高宗驻跸平江，守臣孙佑荐于朝，赐对，前后所上疏札，类切于时宜，圣谕以通儒目之。赐进士出身，除秘书省正字、兼史馆校勘、迁著作佐郎，受敕正朱墨史，官至左朝奉郎。与门人陈长方、杨邦弼讲道于震泽，如杨龟山、尹和静、胡文定皆深推让，吴中道学之传，莫盛于先生。绍兴二十三年，卒于家，葬湖州长兴县和平镇茅栗山。门人章宪撰志，吴中、闽中皆祠于学。其子大本，两浙安抚司参议。先生平生所注《论语集解》、《古今语说》，著作文集，并高宗所赐敕，及遗像、《震泽记善录》，至今藏于家。子孙世守府城德庆坊故居云。

卷第五

唯 室 先 生

唯室先生姓陈氏,讳长方,字齐之,其先本长乐人。父伋,字复之,擢进士第,娶林氏大卿旦之女、大云翁宓之妹。与陈了翁交从甚密,了翁谪廉州,伋以书贺之,至千余言,由此得罪。又尝从游定夫学,深得治气养心、行己接物之道,故其子亦为道学之士。唯室因外家居于步里,终日闭户,研穷经史。著书名《步里客谈》,又有《汉唐论》,俱行于世。其弟少方,字同之,亦端慧不群,号"二陈"。

姑 苏 百 题 诗

杨备郎中,天圣中为长溪令,梦中忽作诗曰:"月俸蚨钱数甚微,不知从宦几时归。东吴一片烟波在,欲问何人买钓矶?"及寤,心潜异之。明道初,宰华亭。俄丁内艰,遂家于吴中,乐其风土之美,安而弗迁。因悟梦中所作,几于前定。尝效白体作《我爱姑苏好》十章。居吴中既久,土风人物皆深详之,又作《姑苏百题》诗,每题笺释其事,至今行于世。

范 秘 书

范雾字伯达,予之同舍也。尝试《禹稷颜回同道论》,先生见之,以为奇作,置之魁选,遂驰誉于太学,学者至今以为模范。入馆除秘书郎,今参政公即其子也。

张子韶与周焕卿简

昆山周焕卿，与张子韶侍郎为布衣交，相与之意极厚。焕卿有母丧，贫不能举，及有妹未嫁；子韶自贬所专价赍钱银供其费，书词恳恻，读之令人竦然生敬。前辈恤朋友之难，每每如此，范忠宣之于石曼卿，苏文忠之于李方叔，皆同此一念也。今录其书于后，以警薄俗云。

> 九成顿首：日俟车马之来，乃杳然无耗，不胜瞻仰，即辰孝履多福。九成此间学生，例不受其束脩。有信州刘益秀才，在此多时，告以公未葬母及未嫁妹，许以二百千足助公。今付去半，则银三挺、钱二十五千足，掩子内角子有九成亲批"字绍祖"三字，及两头有"如此"二字，及封印全。遣去亲随两人，便令归也。发去此物时，已焚香对诸圣，愿公无障难，幸见悉也。他节哀自重，不宣。九成再拜。

虾子和尚

承平时，有虾子和尚，好食活虾，乞丐于市，得钱即买虾，贮之袖中，且行且食。或随其所往，密视之，遇水则出哇，群虾皆游跃而去。后不知所终。

郭家朱砂圆

郭氏，本郡中一小民。所谓林酒仙者，每至其家，必解衣以醉之。酒仙迁化前数日，语郭氏曰："畴昔荷相接之勤，以药一杯为报。"郭氏以味恶颇难之。力强之，饮至三呷而止。酒仙自举而尽，遂授以朱砂圆方曰："惜乎，富及三世尔！"郭氏竟售此药，四方争求买之，自此家大富。三世之后，绝无有欲之者。

陈了翁鲈乡亭诗

陈文惠公留题松陵诗,其末有"秋风斜日鲈鱼乡"之句。屯田郎林肇为吴江日,作亭江上,因以"鲈乡"名之。了翁初主吴江簿,尝为赋诗云:"中郎亭榭据江乡,雅称诗翁赋卒章。莼菜鲈鱼好时节,秋风斜日旧烟光。一杯有味功名小,万事无心岁月长。安得便抛尘网去,钓舟闲傍画栏旁。"了翁筮仕之初,已无恋官职之意矣。

起　隐　子

季父讳况,字瀋之。登崇宁五年进士第,再迁入馆。在馆八年,学术文章俱不在人下,时同列知名者,惟季父与苏元老在庭尔,当时号为"龚苏"。叶石林俊声籍甚,尝为文字交。其他所与酬唱者,如洪玉父、朱新仲、王丰父、张敏叔,亦皆一时名士。用先都官中隐故事,自号"起隐子"。有文集三十卷,曰《起隐集》。终祠部员外郎、朝议大夫。季父诗格清古,如《咏刘伶》云:"逃名以酒转名高,醉里张髯骂二豪。日月已为吾户牖,何妨东海作醇醪。"《九日》云:"家家高会锦模糊,谁信贫家菊也无。多谢东邻送醅至,旋于篱畔觅茱萸。""自古谁无九日诗?诗成须道菊花枝。直饶无菊何妨醉,野蓼村葵总是题。"《游天峰寺》云:"杖藜高踏半山云,不见此山知几春。异时人物凋零尽,只有青山似故人。"《午歇惠安寺》云:"寒食都来数日闲,颜卿家帖到今传。此公刚鲠无情煞,到得春时也自怜。"《送唐大监》云:"东门相别又相逢,转觉衰颓一老翁。子约重来我方去,满庭黄叶正秋风。"《古乐府》云:"妖娆破瓜女,争上秋千架。香飘石榴裙,影落蔷薇下。墙外见鸳鸯,双双春水塘。归来情脉脉,无绪理残妆。"其他如"贪山借船赏,嗜酒典琴沽";"闲多卷满新题句,懒极床堆未答书";"客疏闲吠犬,庖匮割啼鸡";"得句怕难续,避人长转多";"山色秋难老,池光夜不昏";此类甚多。

阎 丘 大 夫

阎丘孝终，字公显。东坡谪黄州时，公为太守，与之往来甚密。未几，挂其冠而归，与诸名人为九老之会。东坡过苏必见之，今《苏集》有诗词各二篇，皆为公作也。公后房有懿卿者，颇具才色，诗词俱及之。东坡尝云："苏州有二丘，不到虎丘，即到阎丘。"

宝 严 院

常熟海虞山有古刹号宝严院。吴越钱王之子，祝发于此。太宗尝赐御书《急就章》、《逍遥咏》及《圣惠方》于寺中。有浮屠七级，极壮丽，吴人相传：自京师来，泗州僧伽塔为第一，此为第二。至今尚在。

洞 庭 山

太湖之中有包山，一名洞庭。韦苏州皮陆唱和所言洞庭，及苏子美诗云"笠泽鲈肥人脍玉，洞庭柑熟客分金"，皆在吴江也。今岳州之南，所谓洞庭者，即郦善长注《水经》云"洞庭之陂"，乃湘水，非江水也。周内相洪道尝折衷二说云："洞庭山在吴，而洞庭湖乃在荆襄之间，地形虽分，而地脉未尝断也。"周公之说，又本于东坡。

方子通红梅诗

方子通《红梅诗》脍炙人口，其云："清香皓质世称奇，漫作轻红也自宜。紫府与丹来换骨，春风吹酒上凝脂。直教腊雪无藏处，只恐朝云有散时。溪上野桃何足种？秦人应独未相知。"

范　无　外

范周字无外,文正公之侄孙,赞善大夫纯古之子。少负不羁之才,工于诗词,不求闻达,士林甚推之。所居号范家园,安贫乐道,未尝屈折于人。石监簿存中有园亭在盘门内,尝往谒之,不遇,题于壁间云:"范周来谒石存中,未必存中似石崇。可惜南山焦尾虎,低头拜狗作乌龙。"方贼起,郡中令总甲巡护,虽士流亦不免。无外率府庠诸生,冠带夜行,首用大灯笼,书一绝于其上云:"自古轻儒孰若秦,山河社稷付他人。而今重士如周室,忍使书生作夜巡。"郡将闻之,亟为罢去。盛季文作守时,颇嫚士。尝于元宵作《宝鼎现》词投之,极蒙嘉奖,因遗酒五百壶,其词播于天下,每遇灯夕,诸郡皆歌之。尝棹舟访郏子高于昆山,一日酒酣,题于绝顶云:"万叠青峦压巨昆,四垂空阔水天分。夜光寒带三江月,春色阴连百里云。桂子鹤惊空半落,天香僧出定中闻。不将此境凭张益,三百年来属老文。"

绰　堆 <small>避御名改曰堆,即今绰墩。</small>

昆山县西数里,有村曰绰堆。古老传云,此乃黄幡绰之墓。至今村人皆善滑稽,及能作三反语。

陆　彦　猷

陆徽之字彦猷,常熟人。高才博学,众推为乡先生,出其门者如陈起宗徽猷、张柄朝议、钱观复郎中,皆为时显人。徽宗即位,下诏求直言。公因廷对,与雍孝闻辈皆力陈时政阙失。唱名日,有旨驳放,孝闻立殿下叩头曰:"陛下求直言,有云言之者无罪。今诏墨犹未干,奈何以直言罪人?"卫士怒孝闻唐突,以挂釜撞其颊,数齿俱落,凡直言者尽挥出之。大观末,彗星见,旋见收复。时雍公已不能语,止赐六字道号,居神霄宫。彦猷欲赴京师,已卒。其孙端成,字天锡,就特奏恩。

时上书及廷试直言者俱得罪。京师有谑词云："当初亲下求言诏，引得都来胡道。人人招是骆宾王，并洛阳年少。　自讼监官并岳庙，都一时闲了。误人多是误人多，误了人多少。"

翠　微　集

昆山翠微，有主僧冲邈，年八十有八，生平好为诗，所著号《翠微集》。姚舜明侍郎尝赠之诗云："僧腊俗年俱老大，儒书佛教旧精勤。姑苏一万披缁客，四事无如彼上人。"邑宰盖峿，亦有读《翠微集》诗云："圣宋吟哦只九僧，诗成往往比阳春。翠微阁上今朝见，格老辞清又一人。"

生　老　病　死

崇宁中，有旨：州县置居养院以存老者；安济坊以养病者；漏泽园以葬死者。吴江邑小而地狭，遂即县学之东隙地，以次而为之。时以诸生在学，而数者相为比邻，谓之生老病死。

郏　子　高

郏侨字子高，比部公之子。负才挺特，与范无外为忘形交。乡人至今称之，谓之"郏长官"，晚岁自号"凝和子"。昆山上方有层屋曰翠微，子高多游历山中。尝赋诗云："行客倦奔驰，寻师到翠微。相看无俗语，一笑任天机。曲沼淡寒玉，横山锁落晖。情根枯未得，爱此几忘归。"《访凌峰贤上人》云："步入凌峰阁，寻师师未归。凭栏寂无语，唯见白云飞。"简公约有素琴堂，又为赋诗云："素琴之堂虚且清，素琴之韵沦杳冥。神闲意定默自鸣，宫商不动谁与听。堂中道人骨不俗，貌庞形端颜莹玉。我尝见之醒心目，宁必丝桐弦断续。於乎！靖节已死不复闻，成亏相半疑昭文。阮手钟耳相吐吞，素琴之道讵可论。

道人道人听我语,纷纷世俗谁师古。金徽玉轸方步武,虚堂榜名无自苦。"

郑 应 求 相

予年二十时,三舍法行,与郑君聘应求同在郡庠。应求精于人伦,同舍皆为其品题,心甚畏之。尝见唐辉子明,以手拊其腰曰:"异日金琅珰无疑矣。"子明性庄重,面大发赤。一日颜仲谦过邻斋,应求指以示余曰:"此公蛇行,居官必尚猛。"乘间又语予曰:"吾友乃一寿星,颇类应逢原,但得其半耳,然亦可银琅珰。"众皆未以为信。后二十年,仲谦守严陵,颇有郅都之风。后三十年,子明跻法从。后七十年,予始拜牙绯之宠,其言无一不验。应求亦甚有文声。

狱 山

太湖中有东狱、西狱二山,吴王于此尝置男女二狱。杨备郎中诗云:"雷霆号令雪霜威,二狱东西锁翠微。仿佛酆都丛棘地,岩扉应是古圜扉。"

王 学 正

王彦光,察院之伯祖,讳僖,字康国。居太学有声,乡人谓之王学正,识与不识皆尊敬之。有堂名逸野,以累试不利,日游适其中,读书自娱。其持身治家甚严,乡中率以为法。彦光自幼知读书,乃学正公之训也。生平无子。叶大年挽之云:"书剑当年游上都,贤关虫篆校诸儒。文华灿灿九苞凤,俊气骎骎千里驹。妙质竟谁挥垩漫,白头空此死樵苏。遗编残稿应犹在,搔首令人益叹吁。"又云:"遗文脍炙在吾乡,赋罢谁能少荐扬。声迹有妻先蝶梦,行藏无子付洴方。云萝烟蔓新泉宅,秋月春花旧野堂。交倡彩笺真翰墨,几人知为宝巾箱。"逸野堂至今尚存,王氏举族祀之不绝。

范文正为阎罗王

曾王父捐馆，至五七日，曾王妣前一夕梦其还家，急令开箧笥，取新公裳而去。因问之曰："何匆促如此？"答曰："来日当见范文正公，衣冠不可不早正也。"又问："范公何为尚在冥间？"曰："公本天人也，见司生死之权。"既觉，因思释氏书，谓人死五七，则见阎罗王。岂文正公聪明正直，故为此官邪！

吴县寇主簿诗

石林居吴下，一日至阊门外小寺中，壁间有题一绝云："黄叶西陂水漫流，篷籧风急滞扁舟。夕阳暝色来千里，人语鸡声共一丘。"石林极爱之，但不书其名氏，因问寺僧，云："吴县寇主簿所作，今官满去矣。"寇名宝臣，除州人，善作诗，少从后山先生学，其源流有所自来矣。

盘沟大圣

承天寺普贤院，有盘沟大圣，身长尺许。人有祷祈，置之掌上，吉则拜，凶则否，人皆异之。推所从来，乃盘沟村中有渔者，尝遇一僧云："何不更业？"渔者云："它莫能之。"僧云："吾教汝塑泗州像，可以致富。"渔者云："人不欲之，则奈何？"僧云："吾授汝一法。"遂以千钱与之，令像中各置一钱，所售之直，亦以千钱为率。渔者如所教，竞求买之，果获千缗。今寺中所藏，乃其一也，岂非僧伽托此以度人邪？

魏令则侍郎

魏宪字令则，与其弟志，俱有声太学，号熙、丰人才。徽庙朝，为东台御史,入侍经幄,论思献纳为多。又代言西掖,得温厚雅正之体。迁吏部侍郎。久之,除显谟阁学士、知明州。建炎初,召赴行在,季父礼部送之以诗云:"炎祚无疆越万龄,如何夷卤尚凭陵!中兴事业须王导,拨乱韬钤要孔明。剧盗已分齐钺定,端星行指泰阶平。呼韩朝渭非难事,好继当时丙魏声。"

图 经 刊 误

旧《图经》云:"外冈、青冈、五家冈、蒲冈、涂松冈、徘徊冈、福山冈,并在吴县界。"今次第而数之,其上之四属昆山,下之三属常熟,言其地之远近,与吴县大相辽绝。《续图经》云:"太和宫在盘门之外,其地唐相毕城之别业也。"切详毕城未尝为相,为相者乃毕诚也,城与诚兄弟尔。

草 腰 带 听 声

元丰中,姑苏有一瞽者,号"草腰带",善揣骨听声。一日,王父呼至家,以祖姑吉凶福祸扣之,云:"此妇人他日必以夫而贵,但出适时,事干朝廷。"时祖姑已许嫁顾沂大夫,以其语不祥,举室皆唾之。论命未竟,适有捷夫过门报省榜者,王父亟出问榜首姓名,云:"无为人焦蹈。"既入告之,嗟惋不已。王父怪之,因问曰:"知此人声骨否?"曰:"熟知之。"王父曰:"官职如何?"曰:"不能食禄,安问官职也?"众皆以为焦已为大魁,术者之言必谬。经旬,有自京师来者云:"揭榜后六日,焦已死矣。"祖姑在曾王父服中,顾以欲之官,促其期,遂引女年二十不待父母服除法闻之朝,得旨方成礼,其言无一不验。

压 云 轩 诗

昆山翠微之上,有亭曰压云轩。邑士胡清尝赋诗云:"谁建危亭压翠微,画檐直与莫云齐。有时一片岩隈起,带与老僧山下归。"轩旁有小柏数根,又赋诗云:"栽傍岩隈未足看,谓言斤斧莫无端。它时直入抢材手,不独青青保岁寒。"后有一文人作浙漕,因到山中,见之大喜,寻访其人,厚礼以待之。既怜其贫,遂给官田,胡由此致富。

翟　忠　惠

翟汝文字公巽,其先本南徐人,后徙居常熟。绍兴初,为参知政事,卒,门人谥为"忠惠先生"。公文章甚古,所作制诰,皆用《尚书》体,天下至今称之。自宣政以来,文人有声者,唯公与叶石林、汪浮谿、孙兰陵四人耳。孙尝自评云:"某之视浮谿,浮谿之视石林,各少十年书。石林视忠惠亦然。"识者以为确论。公素俭,虽身历两府,奉养甚于贫士。一日招客,未饮时,与客论近世风俗侈靡,燕乐之间尤甚,因正色言曰:"德大于天子者,然后可以食牛;德大于诸侯者,然后可以食羊。"客自度今日之集,必无盛馔;已而果以恶草具进。公在翰苑时,禁中新创傩仪,有旨令撰文。是日辰巳间,中使送篇目至,午后亟督索进呈。数篇既立就,而文法且极高古,石林乃谓公文极难得。在西掖时,以草词迟罚铜。又在试院议策题,以冗官为问,一夜仅成四句,云:"太平日久,人乐仕进。可为朝廷庆者一,可为有司虑者二。"石林颇怪之。予切谓公之文,正不当以迟速论,当视其得意与否耳。策题虽止四句,实佳作也。

白　云　泉

天平山有白云泉,虽大旱不竭,或云此龙湫也。唐刺史白乐天有诗云:"天平山上白云泉,云自无心水自闲。何必奔冲下山去,更添波浪在人间。"苏子美尝至山中,为赋长篇。范贯之亦有和章。

谙　三　命

谙三命者,承天寺僧,精阴阳山水之术,吉凶无不立验。好食活鸡,已就死者,则却而不食。人欲其卜葬,必以数十活鸡自随,闻其声咿然,则食之愈喜,率以是为常。后享高寿而死。其茶毗也,有五色舍利,自舌本涌出。吾家虎丘坟,乃其所择也。葬之明年,有偃松生其上。

范 文 正 词

范文正与欧阳文忠公席上分题作《剔银灯》,皆寓劝世之意。文正云:"昨夜因看《蜀志》。笑曹操孙权刘备。用尽机关,徒劳心力,只得三分天地。屈指细寻思,争如共、刘伶一醉。　　人世都无百岁。少痴呆、老成尪悴。只有中间,些子少年,忍把浮名牵系。一品与千金,问白发、如何回避?"

瞿 庵

吴江王份文孺,自号瞿庵,尝筑圃于松江之侧。方经始时,文孺下榻待余,延留数月,见买莳作址,计三百万钱。圃成,极东南之胜。后湖苏养直尝赋诗云:"王郎瞿庵摩诘诗,烟花绕舍江绕篱。石渠东观了无梦,笔床茶灶行相期。古人已往不可作,甫里顾有今天随。湾头蟹舍岂著我,请具蓑笠悬牛衣。"又为文孺赋草堂云:"笛弄松江明月,蓑披笠泽归云。若话青霄快活,五侯何处如君?"

蠡 口

蠡口在齐门之北,又有蠡塘在娄门之东。故老相传云:范蠡破吴辞越,乘扁舟游五湖,潜过于此,遣人驰书招文种大夫,因以名之。杨备郎中诗云:"霸越勋名间世才,五湖烟浪一帆开。犹防乌喙伤同辈,此地复招文种来。"

蛇化为剑

干将墓在今匠门城东数里。顷有人耕其旁，忽见青蛇上其足，其人遽以刀殂之，上之半跃入草中，不复可寻，徐观其余，乃折剑也。至莫欲持归，亦不复见。方子通有诗具载其事。卫月山《因笔录》云："匠门外干将墓土，人取作灶，无蟑螂灶鸡。"

贾　表　之

贾公望字表之，丞相昌期之孙，青之子。顷倅平江，时朱勔父子方出入禁中，窃弄权柄，一时奔竞之流，争持苞苴，唯恐无门而入。贾独疾之甚，尝有诗云："倏忽向六十，萍蓬无奈何。丹心犹奋迅，白首分蹉跎。正直士流少，倾邪朋类多。阳光一销铄，不复见妖魔。"其志尚亦足嘉矣。

　　勔之子为浙西路分司，有赐带之宠，贾亦同时衣金紫服。旦日适相会于天庆，朱之虞兵因见贾所佩鱼，熟视之。贾厉声叱之曰："此是年及得来，非缘花石之故。"左右皆错愕。朱甚衔之，为其所挤，贾竟停任。

易承天为能仁寺

宣和中，户部干当公事李宽奏：凡以圣为名者，并行禁止。又给事中赵野奏：凡世俗以"君"、"王"、"圣"三字为名字，悉合革而正之，然尚有以"天"为称者，切虑亦当禁约。其后又有以"龙"、"皇"、"主"、"玉"字不当言者，亦请遏绝。前后共禁八字。遂易"承天"为"能仁"，其他观寺及士庶名字，犯而不改，则重加之罪。虽桥梁有为龙形者，亦皆凿去之。太学同舍陈朝老语余曰："此无君无天之兆，甚可畏也。"季父倅兴仁日，一太守曲意奉行，尽取诸寺观藏经，命剪去所禁八字，未几而太守卒。

章户部

章绛字伯成,庄敏公之子。庄敏教诸子甚严,恐其纵肆,闭置一书室中,故绛与综皆中第而亦甚有文。季父礼部,取绛之侄女,召为校书郎日,绛以诗饯之,有"船尾淮山青未了,马头随柳绿相迎"之句,孙仲益甚喜之。晚年诗律益高,清淳雅健,得唐人之风。有文集三十卷,藏于家。终户部郎中。

王教授祭学生文

庆历中,郡学既建,养士至百员,亦有自他郡至者。建阳二江忘其名,肄业未久,其季忽感疾而殂。时王逢会之为教官,率同舍祭之云:"维庆历七年,岁次丁亥,七月甲戌朔,初六日己卯,苏州州学教授王逢,率在学同人,谨以香酒果实致奠,化冥纸告祭于学生建阳江君之灵:人固动物尔,气完则在,气散则死。生与死吾不得而知也,惟是生者,有名教存焉,得以异诸物。善而夭为得不死,恶而寿为不幸。子年尚少,徒步数千里旅吴学,以道义为身谋,于善无所负,今夭去,吾得谓子不死矣! 夫旅而死,无亲戚左右为之助者有之,今子兄在焉,启而手足,比无助者为多。同门生几百员为子哭,不为孤,其亦善德之召欤! 子魂气何所之,吾以子有生死之别,旅衬举而望涕,不知其所从。哀哉尚飨!"

沈元叙沧浪亭诗

苏子美《独步游沧浪亭》诗云:"花枝低欹草色齐,不可骑人步是宜。有时载酒只独往,醉倒唯有春风知。"绍兴初,昆山沈东元叙尝游其亭,赋诗云:"草蔓花枝与世新,登临空复想清尘。只今唯有亭前水,曾识春风载酒人。"程致道《和张敏叔游沧浪亭》诗有云:"醉倒春风载酒人,苍髯犹想见长身。试寻遗址名空在,却笑张罗事已陈。"皆寓其感叹之意。

卷第六

西 楼 诗

绍兴中,郡守王晚显道建西楼,赋诗者甚众,独耿时举德基为擅场。其诗曰:"西楼一曲旧笙歌,千古当楼面翠峨。花发花残香径雨,月生月落洞庭波。地雄鼓角秋声壮,天迥栏干夕照多。四百年来无妙手,要看风物似元和。"德基他文称是,居太学久之,不得一第而死,惜哉!

郭 仲 达

郭章字仲达,世居昆山。自幼工于文。游京师太学有声,因归乡省亲作诗别同舍云:"菽水年来属未涯,羞骑款段出京华。涨尘回旋风头紧,绮照支离日脚斜。掠过短莎惊脱兔,踏翻红叶闹归鸦。不堪回首孤云外,望断淮山始是家。"俄又赋一篇云:"也知随俗调归策,却忆当年重出关。岂是长居户限上,可能无意马蹄间。中原百罢知谁运,今日分阴敢自闲。倘有寸功裨社稷,归来恰好试衣斑。"其诗传播一时。后以守城恩拜官,被知己荐居帅幕,久之,官至通直郎。卒于京师,年四十余。无子。

凌 佛 子

凌哲字明甫,与余同肄业郡庠,诚实君子也。绍兴中为正言,上疏论秦氏亲党因缘得科第,有妨寒素进取之路。公论甚与之。累迁至吏部侍郎。后以敷文阁待制、通议大夫致仕,年八十余而卒。公处己以廉,待人以恕,虽身至从班,不啻如寒士,非时未尝辄至郡中,终年无一毫干请。书室之前有一茶肆，日为群小聚会之地，公与宾客谈话，甚苦其喧，遣介使之少戢；已而复然，公不与较，因徙以避之。其长厚类如此，人目之为"淩佛子"。

昆 山 学 记

程咏之宰昆山，其政中和，有古循吏风。尝修治县庠，张无垢为作记，欲镌之石。或谓无垢托此以讽朝士，寻即已之。今《横浦集》亦不载，因附见于此：

> 右通直郎、知平江府昆山县事程公咏之，文简公之曾孙，伊川先生之侄也。绍兴二十八年七月十二日，作书抵余曰："沂闻为政莫先于教化，教化莫先于兴学。吾邑有学，卑陋不治，甚不称朝廷所以尊儒重道之意。学门有社坛、斋厅掩蔽于前，气象不舒。沂乃移于社坛之西，辟其门墙，广袤数十丈。又以东隅建学外门，周植槐柳，增崇殿门。营治斋宇，气象宏伟。殿堂斋庑，鼎鼎一新。遇月旦，则率县官诣学，请主学者分讲《六经》，与诸生环坐堂上以听焉。时知府事待制蒋公，名其堂曰'致道'，并书学榜以宠贲之。於乎！可谓盛矣。"又曰："先生昔学于大儒，其所见闻，非俗儒比。愿以其所闻者，明以告我，我将有以大之。"

> 余曰："吾老矣，久抱末疾，旧学荒落，顾何以副子之请？虽然，不可以虚辱也。辄以闻于师者，以告左右，左右其择焉。窃尝以谓学者当以孔子为师。以孔子为师，当学孔子之学。非为博物洽闻，缔章缋句，高自标置，视四海为无人，攘臂而言曰：'吾仕宦当至将相，吾富贵当归故乡，吾当记三箧于渡河，赋万言于倚马。'此正俗儒之学；孔子之学乃不如是。熟诵孔子'若圣与仁，则吾岂敢'之说，子夏'掬溜播洒'之说，孟子'徐行后长者'之说，以求孔子之心可也，是谓孔子之学。若乃学如马融、如陆淳，博如许敬宗，文如班固、如柳子厚，亦可矣。而依梁冀，而助武氏，而事窦宪，而附王叔文，此吾侪之所羞道，而孔门之罪人也。咏之以为何如？如其不然，当明以教我。"

王　唐　公

　　王绹字唐公，秦正懿王审琦五世孙。建炎中，为御史中丞。虏犯维扬，车驾南渡，公扈从以行。东宫初建，以资政殿学士权太子少傅。未几，拜参知政事，力丐奉祠，御书"霖雨思贤佐"一联以赐之。绍兴七年，薨于昆山僧舍，年六十四，谥和。子陔。公为人刚正有守，立朝无所阿附。宣和乙巳，策士于廷，公为详定官，多取议论剀切者置甲科。建炎己酉，虏寇深入，公具陈攻守之策，宰相不以为然。已而虏犯维扬，终无策。公自建康扈从至临安，道由镇江，从容奏陈：陈东以忠谏被诛，此其乡里也。即命赒其家，官其子。车驾幸会稽时，韩世忠邀击虏寇归骑于扬子江，公议遣兵追袭，俾与世忠夹击之，同政者议不合，遂求去。公虽为执政，其家贫甚，每以禄不及亲，自奉极俭薄。仕宦二十年，无寸椽可居。自奉祠后，寓昆山惠严僧舍，萧然一室，服食器用无异于寒士。天性仁孝，赒恤姻族，无所不至。俸入之余，买田赡给其孤贫者，又为之毕婚冠丧葬。平居无他嗜好，惟读书为乐。其文温润典雅，深于理致，于死生祸福之说，尤所洞达。其寝疾也，家人召医，且欲灼艾，公曰："时至即行，留连无益。"薨背前二日，书"戊戌"字示左右，属纩之日，果戊戌也，其前知如此。公所制述，有《内外制》四十卷，《奏议》三十卷，《进读事实》五卷，《论语解》三十卷，《孝经解》五卷，《群史编》八十卷，《内典略录》百卷。

顾景繁与施宿武子同注苏诗即其人。

　　顾禧字景繁，居光福山中。其祖沂，字归圣，终龚州太守；其父彦成，字子美，尝将漕两浙。景繁虽受世赏，不乐为仕，闭户读书自娱，自号"漫庄"，又号"痴绝"。尝注杜工部诗，其他著述甚富。所与交者，皆一时名士。鄱阳张紫微彦实扩，以诗闻天下，景繁结为一社，与之唱酬。今《张集》有《送顾景繁暂归浙西》诗云："墙头飞花如雪委，墙根老柳丝垂地。春正浓时君不留，山路晓风鸣马棰。涛江入眼浪千尺,想见吴侬问行李。田园久荒慢检校,亲旧相逢半悲喜。行朝诸公访人材,故人新赐尚书履。袖中有策则可陈,君亦因行聊尔耳。"又他诗称誉景繁不一,如云:"顾侯风味更严苦,家贫阙办三韭菹。龟肠撑突五千卷,底用会粹笺虫鱼。"又云:"虎头文字逼前辈,衮衮颛蒙分尺素。天闲老骥日千里,何用盐车追蹇步?"景繁隐居五十年,享高寿而终。子美除漕到苏台,过南峰山,拜先都官墓。都官,子美之外祖也。巡尉护送至山中,亲题于享亭之壁。予视景繁为中表。

慈 受 禅 师

慈受禅师深老,靖康间住灵岩,学徒甚尊之。平生所作劝戒偈颂甚多,皆有文法,镂板行于世。尝自为真赞云:"自顾个形骸,举止凡而陋。只因放得下,触事皆成就。醍醐与毒药,万味同一口。美恶尽销融,是故名慈受。"孙仲益作守,时因上元,命之升座,慈受举似云:"灵岩上元节,且与诸方别。只点一碗灯,大千俱照彻。也不用添油,光明长皎洁。雨又打不湿,风又吹不灭。大众毕竟是甚么灯? 教我如何说。"时高峰瓒老虽相去不远,绝不会面,因中秋赏月,书一绝寄瓒老云:"灵岫高峰咫尺间,青松长伴白云闲。今宵共赏中秋月,莫道山家不往还。"师名怀深。

蒋侍郎不肯立坊名

胡文恭公守苏,蒋公希鲁将致政归。文恭公顷为诸生,尝受学于蒋,因即其居第表为"难老坊"。蒋公见之,愀然谓文恭曰:"此俚俗歆艳,内不足而假之人以夸者,非所望于故人也。愿即彻去。"文恭公愧谢,欲如其请,则营缮已严,乃资其尝获芝草之瑞,改为"灵芝"。文恭公退而语人曰:"识必因德而后达。蒋公之德,盖人所畏;而其识如是,固无足疑,非吾所及也。"

孙 郎 中

孙纬字彦文，擢进士第，仕至尚书郎。为人诚朴，好以俗下语为诗文而多近理。秦师垣生于腊月二十五日，尝献寿诗云："面脸丹如朱顶鹤，髭髯长似绿毛龟。欲知相府生辰日，此是人间祭灶时。"师垣甚喜之。公精于本朝典故，及巨室大家名系世次，无不通晓。尝著本朝人物志，行于世。

潘 悦 之

潘兑字悦之，操履甚正，乡人皆尊敬之。徽宗朝为中书舍人，迁礼部侍郎。与先君子甚厚，常往来于沧浪之上，饮酒赋诗，延款竟日。悦之无子，侄民赡，工于诗，与季父唱和成集。

南 北 章

章氏，本建安郇公之裔，后徙于平江者有二族：子厚丞相家州南，质夫枢密家州北。两第屹然，轮奂相望，为一州之甲。吴人号南北章以别之。

余 良 弼 占 卦 影

余仔字良弼，三舍法行，与余皆肄业郡庠，又以同经聚于一斋。良弼试上舍，义题自"假乐君子，显显令德"，至"千禄百福，子孙千亿"，良弼反覆用天人之说，遂中高选。既贡京师，道由南徐。访一日者揲蓍。得卦影画文书一轴，书"天人"二字于其上，下书两"甲"两"癸"。又画二雁：一入云中，一为箭所中。日者云："此文书二十年后可复用。"良弼以为不然。既试南宫，果不第，退舍而归。累试皆蹉跌。后罢舍法，以免举赴省，义题与预贡时不少异，即欲尽写旧作。

同舍晓之云："文格与今不同矣，用之必不验。"良弼深以卦影之言为信，竟书之不易一字。乡人用新格者俱见黜，独良弼得之。廷试后一第下世，时去揲蓍时，适满二十年之数。

王　彦　光

王葆字彦光，擢宣和甲辰第。昆山自郏正夫登第后，有孙积中，积中后六十载无有继之者。彦光擢第时，吴昉博士适为邑宰，有致语云："振六十载之颓风，贾三千人之余勇。"纪其实也。绍兴改元，天子广开言路，讲求贤良等科。彦光时主丽水簿，慨然上疏陈十弊，皆切中时病，其末以储嗣为请，语尤切直。至谓："仁宗时，中外无事，海宇晏然，而范镇等为国远虑，其所纳忠，急急在此。况当今日，国步多艰，人心易动，强虏未靖，群盗陆梁，天下之势，危若缀旒；而甲观之崇，未闻流庆，中外惴恐，此为甚急。臣愿陛下为宗社无疆之计，广求宗室之中仁明孝友、时论所归者，历试诸事，以系人心。"执政读而奇之。彦光素为秦益公器重。和议既定，梓宫及太后皆还。彦光时主宗正寺簿，上书于益公，仅三百字，大意谓自古宰相功业之盛，无如伊尹、周公，究其终始之言，伊尹过周公远矣。方其相成汤，辅太甲，其功无与比。当是时，遂思复政于君，而启其告归之意，今《咸有一德》之书是也。周公则不然，夹辅成王，坐致太平之功，此时可以告老矣，而卒不之鲁，故其后有四国流言之祸。今欲为伊尹乎，欲为周公乎？惟阁下所择。益公得书颇喜。久之，除司封郎。彦光既丁内艰，服阕，再居旧职。一日，益公语彦光曰："桧待告老如何？"彦光曰："此事不当问之于某。"益公曰："他人不敢言，以公有直气，故问之。尝记绍兴八年，某为右相时，公以书劝某去位，保全功名，今何故不言？"彦光曰："果欲告老，不问亲与仇，择其可任国家之事者，使居相位，诚天下生民之福。"益公默然。俄除监察御史、兼崇政殿说书。益公薨，出知广德，移汉州，又移泸州，终浙东提刑。彦光居乡，教诱后进，终日论文不倦。其所成就甚众，所学最长于《春秋》，有《春秋集传》十五卷，《春秋备论》两卷。弟万，侄嘉彦，登第。参政范公尝作公挽诗云："喻蜀三年戍,还吴万里船。云归双节后,雪白短檠前。百世《春秋传》,一丘阳羡田。浮生如此了,何必更凌烟?""日者悲离索,公乎又杳冥。门人辨韩集,子舍得韦经。此去念筑室,空来闻过庭。路遥人不见,千古泣松铭。"

彦光鉴裁甚精,李乐庵为布衣时,流落兵火之余,一见以为佳士,妻以女弟。今参政周公初第时,爱其博洽,即纳之为婿。二公寻即荣遇,而又学术气节,耸动当世人,于是服其知人。至于从其学者,亦能第其甲科之先后,无不一如所期。至今言其事者,莫不称叹,以为不可及。

状 元 谶

穹窿山在城之西,里老相传云:"穹窿石移,状元来归。"一夕,闻有风雨声,诘旦视之,果有石自东而移西者。淳熙辛丑,黄子由遂魁多士。昆山虽去松江不远,旧无潮汐,绍兴中方有之,犹不及二十里外。李乐庵尝见一道人云:"潮到夷亭出状元。"后以此语叶令子强,因作问潮馆识其语。今已过夷亭矣,但未知验于何时?然潮汐起于昆山,邑人必有当此谶者。

四 幡 之 助

大父自甲子既周之后,遇生朝,则舍一大幡于宝积寺刹柱,岁率以为常。时曾王姑之越上,留其婿顾沂大夫家。大父往省之,夜宿于萧山渡,系舟于一古柳之下,终夕为之安寝。拂晓,舟师大惊,回顾皆巨浸,舟齐于木之杪。须臾水退,独免漂溺。是夕,王姑梦舣舟之地,有四黄幡覆其上,方有疑于心。王父既归,言其事,因屈指计之,已历四生朝矣。

吴仁杰云:"龚浩,字子正。往萧山访顾沂,舟值水发。比到家,其妻云:'向梦有黄幡六首罩一舟。'龚问其日,正水发之夕也。盖尝以生朝施二幡于承天寺不染尘观音殿,凡三岁矣,适如梦中之数云。"案《吴氏感应录》所记,微有不同,当以此说为是。然不染尘观音殿,乃是在城报恩寺,今北寺也。

乐　　庵

乐庵在昆山之东南六七里,李公彦平游息之所也。公本江都人,绍兴初避地居此。尝为溧水宰,以德化民,四年无犯死罪者。剡章交上,召对,陈便民十事。除知温州,未行,擢监察御史,出知婺州。召拜司封郎官,迁枢密院检详。高宗屡引见僧徒,谭性空之理。一日因对,论及禅宗,公奏曰:"昔周公亦坐禅。"上愕然。公徐曰:"周公思兼三王,以施四事,其有不合者,仰而思之。夜以继日,幸而得之。坐以待旦,非坐禅而何? 升下诚能端坐而思所以爱人利物之道,即坐禅也,何必他求乎?"俄以引年挂其冠而归,遂即庵庐而居之,自号"乐庵安叟"。居年余,上爱公精力不衰,诏落致仕,除侍御史。同知壬辰贡举,因革去险怪之习,文体为之一变,而所得多一时名士。因上疏论后戚不当居枢管之地,迁起居郎,不就,知台州,又不就,复上请老之章。时王仲行为右正言,亦力弹之;莫子齐为给事中,不书黄;周洪道直学士院,不草制,皆遭迁逐。布衣庄治尝作《四贤》诗。公道学精通,且乐于教学者,尝诵康节语以告人,曰:"学为人之仁,学为人之事,所以教人者,率不外此。"公中年以后,绝欲清修,唯一苍头给事。年几八十,视听言论,虽少年有所不及。庵之左右皆植修竹,经史图书满室。忽旬余不食,屏医却药,终日燕坐。一夕,亲作手简,遍别亲旧,仍命其子不得斋僧供佛,书讫倏然而逝。所著文章甚多,号《乐庵集》,又有《易说》、《语孟说》若干卷。

吴　江　词

建炎庚戌,两浙被虏祸,有题《水调歌头》于吴江者,不知其姓氏,意极悲壮,今录之于后:"平生太湖上,短棹几经过。如今重到,何事愁与水云多。拟把匣中长剑,换取扁舟一叶,归去老渔蓑。银艾非吾事,丘墓已蹉跎。　　脍新鲈,斟美酒,起悲歌。太平生长,岂谓今日识兵戈! 欲泻三江雪浪,净洗胡尘千里,不用挽天河。回首望霄汉,双泪堕清波。"

丁令威宅

阳山法海寺,乃丁令威宅,炼丹井存焉,号"丁令威泉"。井水至今甘美,虽旱不竭。

正　讹

交让巷谓之泔浆巷。织里桥谓之吉利桥。蔚门谓之府门。带成桥谓之戴城桥。字音之讹,罕有知者。

徐望圣

徐师回字望圣,师闵之弟。尝为南康太守,作直节堂。苏黄门为之记,以为物之生未有不直者,一为物所挠,虽松柏竹箭之坚,不能自保,惟杉能遂其直。求之人,盖不待文王而兴者! 黄门未尝以言假人,其推重公如此。子闳中,孙林蒧,曾孙藏。

羊充实

羊充实旧与予肄业郡学,其为人好崖异,且狠愎。一夕,同舍对床剧谈,充实偶以言侵众,遂相率联句戏之云:"彼美羊充实,弯弯角向天。口内餐荷叶,尻中放瑞莲。细毛堪作笔,麁毳可为毡。子贡虽曾爱,齐宣不见怜。"其它不能尽记。充实见诸公更相应答,机锋甚锐,遂哀鸣不已。自是处众和易,待人亦有礼。谚所谓"菱角"、"鸡头"之说,信矣。

苏民三百年不识兵

姑苏自刘、白、韦为太守时，风物雄丽，为东南之冠。乾符间，虽大盗蜂起，而武肃钱王以破黄巢，诛董昌，尽有浙东西。五代分裂，诸藩据数州自王，独钱氏常顺事中国。本朝既受命，尽籍土地府库，帅其属朝京师，遂去其国。盖自长庆以来，更七代三百年，吴人老死不见兵革。承平时，太伯庙栋，犹有唐昭宗时宁海镇东军节度使钱镠姓名书其上，可谓盛矣。大观中，枢密章公之子綖，为蔡京诬以盗铸，诏开封尹李孝寿，即吴中置狱，连逮千余人。遣甲士五百围其家，钲鼓之声，昼夜不绝，俗谓之"聒囚鼓"。州民目所未睹，莫不为之震骇。狱既不就，又遣三御史萧服、沈畸、姚忘其名重案。其至也，人皆自门隙中窥之，不敢正视。识者已知非太平气象，故其后有建炎之祸。方章氏事未觉时，城中小儿所在群聚，皆唱云"沈逍遥"，莫知其由。已而，三御史果至。

之彝老

之彝老外冈杨氏子，名则之，字彝老。尝学诗于西湖顺老，学禅于大觉琏禅师。诗号《禅外集》，禅学有《十玄谈参同契》，俱行于世。尝作《早梅》诗云："数萼初含雪，孤清画本难。有香终是别，虽瘦亦胜寒。横笛和愁听，斜枝倚病看。朔风如解意，容易莫吹残。"又《雪霁观梅》诗云："荒园晚景敛寒烟，数朵清新破雪边。幽艳有谁能画得，冷香无主赖诗传。看来最畏前村笛，折去难逢野渡船。向晚十分终更好，静兼江月淡娟娟。"

纪异

盛章季文作守时，谯楼一夕为火所焚，有得其煨烬之余者，欲析而为薪，见其中有"大吉"二字，遂闻之于朝。又郡学有一立石，中夜光起,教官言于州,因作《瑞石放光颂》,亦奏之。又大成殿一夕忽为雷击其柱,火光异常,东壁额上遗四带青布巾,大可贮五斗粟,教官命以香案置之中庭,诘朝视之,无有矣。

朱 氏 盛 衰

朱冲微时,以常卖为业,后其家稍温,易为药肆。生理日益进,以行不检,两受徒刑。既拥多资,遂交结权要,然亦能以济人为心。每遇春夏之交,即出钱米药物,募医官数人,巡门问贫者之疾,从而赒之。又多买弊衣,择市妪之善缝纫者,成衲衣数百,当大寒雪,尽以给冻者。诸延寿堂病僧,日为供饮食药饵,病愈则已。其子勔,因赂中贵人以花石得幸,时时进奉不绝,谓之“花纲”。凡林园亭馆、以至坟墓间所有一花一木之奇怪者,悉用黄纸封识,不问其家,径取之。有在仕途者,稍拂其意,则以违上命文致其罪。浙人畏之如虎。花纲经从之地,巡尉护送,遇桥梁则彻以过舟,虽以数千缗为之者,亦毁之不恤。初,江淮发运司于真、扬、楚、泗有转般仓,纲运兵各据地分,不相交越。勔既进花石,遂拨新装运船,充御前纲以载之,而以余旧者载粮运,直达京师。而转般仓遂废,粮运由此不继,禁卫至于乏食,朝廷亦不之问也。勔之宠日盛,父子俱建节钺,即居第创双节堂。又得徽庙御容置之一殿中,监司、郡守必就此朝朔望。勔尝预曲晏,徽宗亲握其臂与语,勔遂以黄罗缠之,与人揖,此臂竟不举。弟侄数人,皆结姻于帝族,因缘得至显官者甚众。盘门内有园极广,植牡丹数千本,花时以缯彩为幕帝覆其上,每花标其名,以金为标榜,如是者里所。园夫畦子艺精种植及能叠石为山者,朝释负担,暮纡金紫,如是者不可以数计。圃之中又有水阁,作九曲路入之,春时纵妇女游赏,有迷其路者,老朱设酒食招邀,或遗以簪珥之属,人皆恶其丑行。一日勔败,捡估其家资,有黄发勾者素与勔不协,既被旨,黎明造其室,家人妇女尽驱之出,虽闾巷小民之家,无敢容纳。不数日,已墟其圃。所谓牡丹者,皆析以为薪。每一扁榜,以三钱计其直。勔死,又窜其家于海岛,前日之受诰身者尽褫之。当时有谑词云:“做园子,得数载,栽培得那花木就中堪爱。特将一个保义醉劳，反做了今日殃害。　诏书下来索金带，这官诰看看毁坏。放牙笏便担屎担，却依旧种菜。"又云："叠假山，得保义，幞头上带著百般村气。做模样偏得人憎，又识甚条制。　今日伏惟安置，官诰又来索气。不如更叠个盆山，卖八文十二。"初，勔之进花石也，聚于京师艮岳之上。以移根自远，为风日所残，植之未久，即槁瘁，时时欲一易之，故花纲旁午于道。一日内晏，诨人因以讽之。有持梅花而出者，诨人指以问其徒，曰："此何物也？"应之曰："芭蕉。"有持松桧而出者，复设问，亦以"芭蕉"答之。如是者数四，遂批其颊曰："此某花，此某木，何为俱谓之芭蕉？"应之曰："我但见巴巴地讨来，都焦了。"天颜亦为之少破。太学生邓肃，有《进花石》诗，大寓规谏之意，至今传于世。

徐　稚　山

徐林，游定夫先生字之曰稚山。绍兴中，坐赵忠简公所引，忤秦丞相意，罢宗正少卿。又以前任江西运使日，尝案秦之妻弟王昌，秦妇大衔之。俄有将两浙漕节者，密受风旨，诬劾公讥议均田良法，安置兴化军。秦死放还，除户部侍郎。事载《绍兴正论》。

无　　庵

昆山陈氏子，名法全，弃家从道川为僧，参请勤至。一日行静济殿前，偶撞其首于柱间，忽然大悟。旁观者见其光彩飞动，而全自不知也。自此遍走山林，道价日增，后住湖州道场山，号"无庵"。

结　带　巾

宣和初，予在上庠，俄有旨令士人结带巾，否则以违制论。士人甚苦之，当时有谑词云："头巾带，谁理会？三千贯赏钱新行条制。不得向后长垂，与胡服相类。　法甚严，人尽畏，便缝阔大带向前面系。和我太学先辈,被人叫保义。"

周妓下火文

昆山有一名倡,周其姓,后系郡中籍。张紫微作守时,周忽暴死。道川适访紫微,公因命作下火文云:"可惜许,可惜许!大众且道可惜许个甚么?可惜巫山一段云,眼如新水点绛唇。昔年绣阁迎仙客,今日桃源忆故人。休记丑奴儿怪脸,便须抖擞好精神。南柯梦断如何也,一曲离愁别是春。大众还知殁故某人,向甚么处去?向这里,分明会得。蓑山溪畔,芳草渡头,处处《六么》《花十八》。其或未然,与君一把无明火,烧尽千愁万恨心。"

谐　谑

鸡冠花未放,狗尾叶先生。嘲叶广文。三间草屋田中舍,两面皮缰马辔丞。田、马自相谑。冬瓜少貌犹施粉,甘蔗无才也著绯。猜谜。妇人富英,对丁中散。数行文字,那个《汉书》;一簇人烟,谁家《庄子》。筵上枇杷,宛类无声之乐;草头蚱蜢,犹如不系之舟。醉公子酉生年九十,柳青娘卯生年十八。镜上故钱,铜声相应。马前断事,鞍上治民。鉏麑触槐,死作木边之鬼;豫让吞炭,终为山下之灰。滕达道与郑毅夫对。

思　韩　记

韩正彦字师德,魏公之犹子。嘉祐中,知昆山县。昆山号为难理,而公能以静胜,囹圄为之数空。创石堤,疏斗门,作塘长七十里,而人不病涉。得膏腴田百万顷,部使者以最上。又请以输州之赋十三万,从近便输于县,鸠造塘余材为仓廪以贮之,民大悦。比去,遮道以留,生为立祠,作《思韩记》,镵诸石。

徐氏安人诗

徐稚山侍郎有妹能诗,大不类妇人女子所为。其笔墨畦径,多出于杜子美,而清平冲澹,萧然出俗,自成一家。平生所为赋尤工。有一文士尝评之云:"近世陈去非、吕居仁皆以诗自名,未能远过也。"有诗集传于世。

吴中水利书

宜兴士人单谔,尝著《吴中水利书》。其说谓苏、湖、常三州之水潴为太湖,湖之水溢于松江以入海,故少水患。今吴江岸界于松江、太湖之间,岸东则江,岸西则湖,江东则大海也。自庆历二年,欲便粮道,遂筑北堤,横截江流五六十里,遂致太湖之水常溢而不泄,浸灌三州之田。又睹岸东江尾与海相接之处污下,菱芦丛生,沙泥涨塞。而又江岸之东,自筑岸以来沙涨,今为民居、民田矣。虽增吴江一邑之赋,而三州之赋,不知反损几百倍邪!今欲泄太湖之水,莫若先开江尾菱芦之地,迁沙村之民,运其所涨之泥,然后以吴江岸凿其土为木桥千所,以通粮运。随桥祳开菱芦为港走水,仍于下流开白蚬、安亭二江,使太湖水由华亭青龙入海,则三州水患必减。元祐中,东坡在翰苑,奏其书,请行之。

翟　超

昆山弓手翟超,数以勇力奋,而酷嗜《金刚经》,昼夜诵之不辍。邑有盗,尉责其巡警失职,挞之。退而愤然曰:"他人被盗,而我乃受杖!"不复还家,坐于一庙中,诵经达旦。至"应无所住,而生其心",忽若有悟,遂弃俗而投礼东斋谦老,名之曰道川。俄为僧,见处日明,因行脚江西。途中遇虎,无惧色,虎驯伏其旁,逡巡引去。晚注《金刚经》,超乎言句之外,名禅老衲,皆以为不可及。其后圆寂之际,大书四句云:"我有一条铁椰栗,纵横妙处无人识。临行拨转上头关,轰起一声春霹雳。"今葬于山中。

曲洧旧闻

［宋］朱 弁 撰

王根林 校点

校 点 说 明

《曲洧旧闻》十卷,宋朱弁撰。朱弁(? —1144),徽州婺源(今属江西)人,字少章,号观如居士,著名学者朱熹的叔父。弱冠入太学。高宗建炎初,以通问副使出使金国,金胁迫其仕伪齐,不屈,至被扣十七年始归宋。官终奉议郎。著述除本书,尚有《风月堂诗话》、《聘游集》、《书解》等。

以书中内容考辨,本书当撰于作者留金之时。书中无一语说及金,故名书曰"旧闻"。主要由两部分内容组成,一是追述北宋轶事,于祖宗盛德、大臣言行多所记录,其中对王安石变法、蔡京绍述言之尤详,"深于史实有补"(《四库全书总目》);再是对前代及当朝文坛轶闻的记叙和评析,亦有一定见地。另外,也有少数语及神怪和谐谑的条目。

本书版本,有十卷本、二卷本、一卷本、四卷本等别。十卷本主要有《四库全书》本、《知不足斋丛书》本和《学津讨原》本等几种。现以《知不足斋丛书》本为底本,校以其他诸本。凡底本误者,皆据他本予以改正,遵本丛书体例,不出校记。

目　　录

卷第一 .... IOI

卷第二 IO7

卷第三 II3

卷第四 II9

卷第五 I25

卷第六 I3I

卷第七 I37

卷第八 I43

卷第九 I49

卷第十 I55

卷第一

太祖皇帝在周朝,受命北讨,至陈桥,为三军推戴。时杜太后眷属以下,尽在定力院,有司将搜捕,主僧悉令登阁,而固其扃键。俄而,大搜索,王僧绐云:"皆散走,不知所之矣。"甲士入寺,升梯,且发钥,见虫网丝布满其上,而尘埃凝积,若累年不曾开者,乃相告曰:"是安得有人?"遂皆返去。有顷,太祖已践祚矣。

太祖皇帝抱帝王雄伟之姿,殆出于生知天纵,其所注措,初不与六经谋,而自然相合。晁以道云:"曾子固元丰中奉诏作论,论成,以吾观之,殊未尽善。某尝谓太祖有二十事,皆前代所无,出于圣断,而为万世利者,今《实录》中略可数也。惜乎,子固不及此,吾所深惜也。"

太祖皇帝龙潜时,虽屡以善兵立奇功,而天性不好杀,故受命之后,其取江南也,戒曹秦王、潘郑王曰:"江南本无罪,但以朕欲大一统,容他不得,卿等至彼,慎勿杀人。"曹、潘兵临城,久之不下,乃草奏曰:"兵久无功,不杀无以立威。"太祖览之,赫然批还其奏曰:"朕宁不得江南,不可辄杀人也。"逮批诏到,而城已破。契勘城破,乃批奏状之日也。天人相感之理,不亦异哉!其后革辂至太原,亦徇于师曰:"朕今取河东,誓不杀一人!"大哉,仁乎!自古应天命、一四海之君,未尝有是言也。

太祖皇帝即位后,车驾初出,过大溪桥,飞矢中黄伞,禁卫惊骇。帝披其胸,笑曰:"教射,教射。"既还内,左右密启捕贼,帝不听,久之,亦无事。

建隆间,竹木务监官患所积材植长短不齐,奏乞翦截俾齐整,太祖批其状曰:"汝手足指宁无长短乎?胡不截之使齐?长者任其自长,短者任其自短。"御批宣和中予亲戚犹有见者。

五代以前官制,及士大夫碑碣,并不见有场务监官。太祖亲见所在场务,多是藩镇差牙校,不立程课法式。公肆诛剥,全无谁何,百姓不胜其弊。故建隆以来,置官监临,制度一新,利归公上,官不扰而民无害,至今便之。

国初,宰执大臣有前朝与太祖俱北面事周,仍多出己上。一日即位,无所易置,左右驱使皆委靡听顺,无一人敢偃蹇者。始听政,有司承旧例,设宰相以下坐次,即叱去之。如太阳东升,焜耀万物,无敢仰视者。盖其天姿圣度,果为命代真主,岂容测度哉!

五代割据,干戈相侵,不胜其苦。有一僧,虽佯狂,而言多奇中。尝谓人曰:"汝等望太平甚切,若要太平,须待定光佛出世始得。"至太祖一天下,皆以为定光佛后身者,盖用此僧之语也。

世传太祖将禅位于太宗,独赵韩王密有所启,太祖以重违太母之约,不听。太宗即位,入卢多逊之言,怒甚,召至阙而诘之。韩王曰:"先帝若听臣言,则今日不睹圣明。然先帝已错,陛下不得再错。"太宗首肯者久之,韩王由是复用。

山阳郡城有金子巷,莫晓其得名之意。予见郡人,言父老相传,太祖皇帝从周世宗取楚州,州人方抗周师,逾时不下。既克,世宗命屠其城。太祖至此巷,适见一妇人断首在道卧,而身下儿犹持其乳吮之,太祖恻然为返命,收其儿,置乳媪鞠养巷中。居人因此获免,乃号因子巷。岁久语讹,遂以为金,而少有知者。

内中酒,盖用蒲中酒法也,太祖微时喜饮之。即位后,令蒲中进其方,至今用而不改。

真宗皇帝因元夕御楼观灯,见都人熙熙,举酒属宰执曰:"祖宗创业艰难,朕今获睹太平,与卿等同庆。"宰执称贺皆饮醹,独李文靖沉终觞不怿。明日,牛行、王相问其所以,且曰:"上昨日宣劝欢甚,公不肯少有将顺,何也?"文靖曰:"'太平'二字,尝恐谀佞之臣以之藉口干进,今人主自用此夸耀臣下,则忠鲠何由以进?既谓'太平',则求祥瑞,而封禅之说进。若必为之,则耗帑藏而轻民力,万而有一患生意表,则何以支吾?沆老矣,兹事必不亲见,参政他日当之矣。"其后,四方奏祥瑞无虚日,东封西祀,讲求典礼,纷然不可遏。王公追思其言,叹曰:"李文靖真圣人也!"求文靖画像置于书室中,而日拜之。予屡见前辈说此,询于两家子孙,其言皆同。

真宗问王文正曰："祖宗时有秘谶云：'南人不可作宰相。'此岂立贤无方之义乎？"文正对曰："立贤虽曰无方，要之，贤然后可。"是时方大用王文穆，或以此为言，而不知此谶乃验于近世，而不在文穆也。

祥符中，天书降，有旨云："可示晁迥。"迥云："臣读世间书，识字有数，岂能识天上书？"定陵屡欲用为宰执，用事者忌之而止，迥即文元公也。

王文正为参知政事，嫉丁晋公奸邪，屡欲开陈，以宰执同对，未果。每闲暇与晋公语，色欲言而辄止者数四。晋公诘之，文正曰："弟某当远官，而老母钟爱，兹事颇乱方寸也。"晋公曰："公可留身，面陈其事，得旨，吾曹亟奉行尔。"明日，宰执退，而文正独留。晋公悟悔之不及。文正具陈谓奸邪，帝帏嘉纳，丁自此黜。士论莫不快之。

仁宗皇帝至诚纳谏，自古帝王无可比者。一日朝退，至寝殿，不脱御袍，去幞头，曰："头痒甚矣。"疾唤梳头者来。及内夫人至，方理发，次见御怀中有文字，问曰："官家是何文字？"帝曰："乃台谏章疏也。"问所言何事？曰："霖淫久，恐阴盛之罚。嫔御太多，宜少裁减。"掌梳头者曰："两府、两制家中各有歌舞，官职稍如意，往往增置不已。官家根底剩有一两人，则言阴盛，须待减去，只教渠辈取快活。"帝不语久之。又问曰："所言必行乎？"曰："台谏之言，岂敢不行？"又曰："若果行，请以奴奴为首。"盖恃帝宠也。帝起，遂呼老中贵及夫人掌宫籍者携籍过后苑，有旨戒阍者云："虽皇后不得过此门来。"良久，降指挥，自某人以下三十人，尽放出宫，房卧所有，各随身不得隐落，仍取内东门出尽，文字回奏。时迫进膳，慈圣虑帝御匕箸后时，亟遣莫敢少稽滞。既而奏到，帝方就食，终食，慈圣不敢发问。食罢，进茶，慈圣云："掌梳头者是官家常所嬖爱，奈何作第一名遣之？"帝曰："此人劝我拒谏，岂宜置左右？"慈圣由是密戒嫔侍："勿妄言，无预外事，汝见掌梳头者乎？官家不汝容也。"

唐质肃公在谏垣日，仁宗密令图其像，置温成阁中，御题曰：右正言唐介。时犹衣绿，外庭不知，逮质肃薨于位，裕陵浇奠，索画影看，曰："此不见后生日精神。"乃以此画像赐其家人，始知之，乃叹仁宗之用意深不可及也。

昭陵时，京东路有一镇，其户繁盛，在本路为最。大臣建言，请增置监临官，下漕司相度，及问本镇愿与不愿。父老既欣然所由，官司次第保明闻奏，比进呈取旨，昭陵思之良久，曰："恐动漕司岁计，遂别生事。"因为民患，止而不行。大矣哉，昭陵之爱民也深矣！或云历下一镇。

或有荐宋莒公兄弟可大用，昭陵曰："大者可，小者每上殿来，则廷臣更无一人是者。"已而，莒公果作相，而景文竟以翰长卒于位。

仁宗皇帝尝言，尊号非古也，自宝元之郊，诏群臣毋得以请，殆二十年。嘉祐四年孟冬祫，丞相又欲因此上尊号，宋景文曰："却尊号，甚盛德也。臣下乃欲举陛下所不用之故事，是一日受虚名，而损实美也。"上曰："我意正如是。"于是遂止。

范讽知开封府日，有富民自陈，为子娶妇已三日矣，禁中有指挥，令入见，今半月无消息。讽曰："汝不妄乎？如实有兹事，可只在此等候也。"讽即乞对，具以民言闻奏，且曰："陛下不迩声色，中外共知，岂宜有此？况民妇既成礼而强取之，何以示天下？"仁宗曰："皇后曾言近有进一女，姿色颇得，朕犹未见也。"讽曰："果如此，愿即付臣，无为近习所欺，而怨谤归陛下也。臣乞于榻前交割此女，归府面授诉者；不然，陛下之谤难户晓也。且臣适以许之矣。"仁宗乃降旨，取其女与讽，讽遂下殿。或言讽在当时初不以直声闻，而能如此，盖遇好时节，人人争做好事，不以为难也。

张尧佐除宣徽使，以廷论未谐遂止。久之，上以温成故，欲申前命。一日，将御朝，温成送至殿门，抚背曰："官家今日不要忘了宣徽使。"上曰："得，得。"既降旨，包拯乞对，大陈其不可，反覆数百言，音吐愤激，唾溅帝面，帝卒为罢之。温成遣小黄门次第探伺，知拯犯颜切直，迎拜谢过，帝举袖拭面曰："中丞向前说话，直唾我面，汝只管要宣徽使、宣徽使，汝岂不知包拯是御史中丞乎？"

张康节为御史中丞，论宰执不已。上曰："卿孤寒，殊不自为地。"康节曰："臣自布衣叨冒至此，有陛下为知己，安得谓之孤寒？陛下今日便是孤寒也。"上惊而问其故，康节曰："内自左右近习，外至公卿大臣，无一人忠于陛下者，陛下不自谓孤寒，而反谓臣为孤寒，臣所未喻也。"当时有"三真"之语，谓富、韩二公为真宰相，欧公为真内翰，而康节为真御史也。

宋子京《西征东归录》载云，知成都陛辞日，面请圣训，上曰："镇静。"子京自著其事曰：语简而意尽，于治蜀尤得其要，真圣人之言也。

仁宗于科举尤轸圣虑，孜孜然惟恐失一寒畯也。每至廷试之年，其所出三题，有大臣在三京与近畿州郡者，多密遣中使往取之，然犹疑其或泄也。如《民监》本是诗题，《王者通天地人》本是论题，皆临时易之。前代帝王间有留意于取士，然未有若是者也。

仁宗俭德，殆本于天性，尤好服浣濯之衣。当未明求衣之时，嫔御私易新衣以进，闻其声辄推去之，遇浣濯随破随补，将遍犹不肯易，左右指以相告，或以为笑，不恤也。当时不惟化行六宫，凡命妇入见，皆以盛饰为耻，风动四方，民日以富。比之崇俭之诏屡挂墙壁，而汰侈不少衰，盖有间也。

仁宗时，最先言立皇嗣者，明州鄞县尉，不记姓名。晁以道尝为予言，阅岁久，又经此丧乱，若史家又复不载，可惜也。

慈圣识虑过人远甚。仁宗一夕饮酒温成阁中，极欢而酒告竭，夜漏向晨矣，求酒不已。慈圣云："此间亦无有。"左右曰："酒尚有，而云无，何也？"答曰："上饮欢，必过度，万一以过度而致疾，归咎于我，我何以自明？"翼日，果服药，言者乃叹服。

予在太学时，见人言仁宗时，蜀中一举子献诗于成都府某人，忘其姓名，云："把断剑门烧栈阁，成都别是一乾坤。"知府械其人，付狱，表上其事。仁宗曰："此乃老秀才急于仕宦而为之，不足治也。可授以司户参军，不厘务，处于远小郡。"其人到任不一年，惭恧而死。

昭陵谨惜名器，而于改官之法尤轸圣虑。胡宗炎以应格引见，上惊其年少，举官逾三倍，最后阅其家状，云父宿见任翰林学士，乃叹曰："寒畯安得不沉滞。"遂降指挥，令更候一任与改，合入官。

李肃之公明，文定公子也，在三司论事切直，仁宗嘉纳。欧公以简贺之，甚有称赏之语，公明喜曰："欧公平日书疏往来，未尝呼我字也，此简遂以字呼我，人之作好事，安可不勉哉！"

盛文肃在翰苑日,昭陵尝召入面谕:"近日亢旱,祷而不应,朕当痛自咎责,诏求民间疾苦,卿只就此草诏,庶几可以商量,不欲进本往复也。"文肃奏曰:"臣体肥,不能伏地作字,乞赐一平面子。"上从之,遽传旨下有司,而平面子至,则诏已成矣。上览之,嘉其如所欲而敏速更不易一字。或曰文肃属文思迟,乞平面子,盖亦善用其短也。

盛文肃镇广陵,苏参政某客游过之,尝献书,文肃一览,大喜曰:"观君之才,宜应制科。"对曰:"下走窃亦有此志,顾朝夕之养是急,不得三年读书工夫耳。"文肃曰:"吾有圭田租八百斛,可以成君此志也。"苏亦不辞,文肃乃荐之归朝,又于公卿间为之延誉。后三年,遂中制科。前辈成就人有如此者。

昭陵时,言利者请税天下桥渡,以佐军。张锡字贶之建言:"津梁利人,而反税之以为害。"卒罢之。

蔡君谟得字法于宋宣献,宣献为西京留守时,君谟其幕官也。嵩山会善寺,有君谟从宣献留题尚存。东坡评本朝书,以君谟为第一,仁宗尤爱之。御制元舅陇西王碑文,诏君谟书之。其后命学士撰温成皇后碑文,又欲诏君谟书,君谟曰:"此待诏之所职也,吾其可为哉。"遂力辞之。

晁以道尝为余言,本朝文物之盛,自国初至昭陵时,并从江南来。二徐兄弟以儒学显,二杨叔侄以词章进,刁衍、杜镐以明习典故用,而晏丞相、欧阳少师巍乎为一世龙门。纪纲法度、号令文章灿然具备,有三代风度。庆历间,人材彬彬,号称众多不减武宣者,盖诸公实有力焉。然皆出于大江之南,信知山川之气,蜿蜒磅礴,真能为国产英俊也。余尝因《赋澄心堂纸》诗记其事,以告后来之秀,其诗见余文集中。

祖宗平僭乱,凡诸国瑰宝珍奇之物,皆藏于奉宸库。自建隆以来,有司岁时点检之而已,未尝敢用也。至章献明肃皇后垂帘日,仁宗入近习之言,欲一往观,后以帝春秋鼎盛,此非所以示之也。乃诏择日开库,设香案而拜,具言祖宗混一四海,创业艰难,此皆诸国失德不能有,故归我帑藏。今日观之,正可为鉴戒。若取以为玩好,或以供服用,则是蹈覆车之故辙,非祖宗垂训之意也。词色严厉,中官皆恐惧流汗。后之用心,岂不深且远哉!

卷第二

张康节守泰州，召兼侍读，以老不能进读固辞。仁宗曰："不必读书，但留备顾问。"遂免进读，未几，擢任风宪。

厚陵初，张康节预政，屡请老，不许，诏三日一至枢密院，进见毋舞蹈。康节曰："本兵之地，岂容尸禄养疾？"遂力求去。

熙宁、元丰间，神宗皇帝奉事两宫太后，尽心色养，有臣庶之所难能者。庆寿宝慈宫在福庆之东西，天子朝夕亲视服膳，至通夕不下关键。母弟荆、扬二王已冠，犹不许就第，往还如家人礼。皇太后于二王，亦未尝假以言色。言事官上章讽请使出阁如故事，帝以为闲亲亏孝，黜之于外。

裕陵务尊崇濮安庙，且欲改卜寝园，大臣心知其非而不能谏。一日，潞公同对，见众人纷然而莫得其说，公徐曰："陛下必欲迁之，有何所求？若求福耶，则已出二天子矣，更求何事？"自此改卜之议遂罢，不复言。

岐王始封昌王时，飞语云："昌字两日并出也。"裕陵惑之，以问大臣，大臣无能对者。吕申公知开封府，因上殿奏事罢，上从容曰："卿闻昌王之说乎？"申公曰："不知陛下有何所疑？若圣意不能释然，以臣所见，改封大国，则妄议息矣。"裕陵意遂解。

朱行中知广州，东坡自海南归，留款甚洽，其唱和诗亦多。行中尝与坡言，裕陵晚年深患经术之弊，某时判国子监，因上殿，亲得宣谕，令教学者看史，是月遂以《张子房之智》为论题。上索第一人程文，览之不乐。坡曰：予见章子厚言，裕陵元丰末欲复以诗赋取士，及后作相，为蔡卞所持，卒不能明裕陵之志，可恨也。

熙宁中《三经义》成，介甫拜尚书左仆射，吕吉甫迁给事中，王元泽自天章阁待制进龙图阁直学士，力辞不受，裕陵欲终命之，吉甫言："雱以疾避宠，宜从其志。"由是王吕之怨益深。吉甫未几以邓绾等交攻，出知陈州，而发私书之事作矣。

　　元丰初，官制将行，裕陵以图子示宰执，于御史中丞执政位牌上，贴司马温公姓名；又于中书舍人、翰林学士位牌上，贴东坡姓名，其余与新政不合者，亦各有攸处。仍宣谕曰："此诸人虽前此立朝议论不同，然各行其所学，皆是忠于朝廷也，安可尽废？"王禹玉曰："领德音。"蔡持正既下殿，谓同列曰："此事乌可？须作死马医始得。"其后上每问及，但云臣等方商量进拟，未几宫车晏驾，而裕陵之美意卒不能行。新州之贬，无人名正其罪，绍圣间党论一兴，至崇、观而大炽，其贻祸不独缙绅而已，士大夫有知之者，莫不叹恨也。

　　裕陵弥留之际，宣仁呼小黄门，出红罗一段，密谕之曰："汝见郡王身材长短大小乎？持以归家，制袍一领见我，亲分付勿令人知也。"后数日，哲宗于梓宫前即位，左右进袍皆长大不可御，近侍以不素备，皆仓皇失色。宣仁遣宫嫔取以授之。或曰小黄门即邵成章也。岐邸之谤大喧，成章不平之，尝明此事于巨珰，巨珰呵之曰："无妄言，灭尔族也！"

　　神宗皇帝喜谈经术，臣下进见或有承圣问者，多皇遽失对。范忠宣谓立法本人情，怨讟可虑，造膝之际，累数百言。且曰："愿陛下不见是图。"帝曰："如何是不见是图？"忠宣对曰："唐杜牧所谓'天下不敢言而敢怒'者是也。"帝为改容，味其言者久之。

　　赵元考彦若，周翰之子也，无书不记，世谓"著脚书楼"，然性不伐，而尤恭谨。馆中诸公方论药方，有一药不知所出，虽掌禹锡大卿曾经修《本草》，亦不能省。或云："元考安在？但问之，渠必能记也。"时元考在下坐，对曰："在几卷附某药下，在第几叶第几行。"其说云云，检之果验。然众怪之，曰："诸公纷纷而子独不言，何也？"元考曰："诸公不见问，某所以不敢言耳。"元丰间，三韩人使在四明唱和诗，奏到御前，其诗序有"惭非白雪之词，辄效青唇之唱"之句。神宗问"青唇"事，近臣皆不知，因荐元考。元考对："在某小说中，然君臣间难言也，容臣写本上进。"本入，上览之，止是夫妇相酬答言语，因问大臣赵彦若何以不肯面对？或对曰："彦若素纯谨，僚友不曾见其堕容，在君父前宜其恭谨如此也。"上嘉叹焉。

　　郭逵为西帅，王韶初以措置西事至边，逵知其必生边患，用备边财赋，连及商贾，移牒取问。韶读之，怒形颜色，掷牒于地者久之，乃徐取纳怀中，入而复出，对使者碎之。遂奏其事，上以问韶，韶以元牒缴进，无一字损坏也，上不悟韶计，不直遂言。自后遂论韶并不报，而韶遂得志矣。予旧见前辈语及此事，无不切齿，而新进小生往往以此谈韶不容口。近有一士人，自言久游太学，论及韶行事，亦以此为智数过人，而不以罔上陷老成罪韶。往时苟合干进者，持此自售，亦不足怪，不谓经此大变故，犹守旧闻。如此等辈，真是不识浊净，其可责哉！

宣仁同听政日，以内外臣僚所上章疏，令御药院缮写，各为一大册，用黄绫装背，标题姓名，置在哲宗御座左右，欲其时时省览。或曰此事出于帝帏独断，外廷初不知也。予见故族大家子弟，往往皆能言之。

哲宗御讲筵，诵读毕，赐坐，例赐扇。潞公见帝手中独用纸扇，率群臣降阶称贺。宣仁闻之，喜曰："老成大臣用心，终是与人不同。"是日晚，问哲宗曰："官家知大臣称贺之意乎？用纸扇是人君俭德也，君俭则国丰，国丰则民富而寿，大臣不独贺官家，又为百姓贺也。"

建中靖国间，虞策经臣除吏部尚书，正谢日犹辞不已，且曰："臣声华望实不逮王古远甚，而陛下以臣代之，人其谓陛下何？"上曰："王古虽罢去，朕方欲大用之，卿且勉焉。"

元祐奸党置籍，用蔡京之请也。始刻石禁中，而尚书省、国子监亦皆有之。禁中石刻，崇宁四年冬，因星变，上命碎之。时国子监无名子，以朱大题其碑上，曰"千佛名经"。其后岁月滋久，逮宣和中，所籍人往往多在鬼录，独刘器之、范德孺二公在耳。未几，器之之讣至东里，晁以道对宾客诵"南岳新摧天柱峰"之句，至哽咽不得语，而客皆拭睫。以道徐曰："耆哲凋丧殆尽，缓急将奈何？"客曰："世未尝乏材，前辈虽有殄瘁之感，安知无后来之秀？"以道曰："人材之于世，譬如名方灵药之于病也。世之集名方储灵药者多矣，然不肯先疾而备，至于疾既弥留，乃始阅方书而治药材，不如见成汤剂为应所须，而取效速也。"时坐客无不深味其言而叹服之。

张才臣次元言，温成有宠，慈圣光献尝以事忤旨，仁宗一日语宰相梁适曰："废后之事如何?"适进曰："闾巷小人尚不忍为,陛下万乘之主,岂可再乎?"谓前已废郭后也。帝意解,因闲语光献曰："我尝欲废汝,赖梁适谏我,汝乃得免,汝之不废,适之力也。"后适死,光献常感之。忽一日,出五百万作醮,帝适见其事,问之,光献以实告。帝叹息,自后岁率为之,至光献上仙乃止。才臣,退傅文懿公诸孙也。

国朝以来,凡州县官吏无问大小,其受代也,必展刺交相庆谢,盖在任日除私过外,皆得以去官原免其行庆谢之礼,为此故也。自新政初颁,大臣恐人情不附,乃有不以赦降去官原减指挥,自是成例,而命官有过犯,虽经赦宥及去官,必取旨特断,以此恩霈悉为空文,而公卿士大夫莫有厘正之者。

祖宗时,执政大臣多选声华望实厌于公论者,间有失于考慎而喧物议,则往往务含容之,听其善去,以全国体。如欧公乞保全孙沔,刘原父乞保全狄青是也。近世喜用新进少年,不严堂陛,专视宰相风旨以快私意,至无瑕可求,则以帷箔不根之事,眩惑众听,殊非厚风俗之道也。

祖宗时,凡罢官三月不赴部选集者有罚。晁文元任翰长日,以年高,欲留其仲子侍养,乃奏乞免注拟差遣,特恩许之。近世有到部一二年不注授,公卿侍从遂以陈乞子弟差遣为恩例,乃知员多阙少,大异于曩日也。

祖宗时,州郡虽有公库,而皆畏清议,守廉俭,非公会不敢过享,至有灭烛看家书之语。元丰以来,厨传渐丰,馈饷滋盛,而于监司特厚。故王子渊在河北州郡供送,非时数出,谓之襳巡。元祐元年,韩川以朝奉郎为监察御史,言其事。

祖宗时,置京城觇者,专为伺察闾阎有冤枉及权贵恃势倚法病民耳。其后法度有不合人心,恐士大夫窃议,当政者乃藉此以自助。士有正论,则谓之谤议;民有愁叹,则谓之腹诽,殊失祖宗之意。习见既久,而人亦不知也。

本朝谈经术,始于王轸大卿,著《五朝春秋》行于世。其经术传贾文元作,文元,其家婿也。荆公作神道碑略云此一事。介甫经术实文元发之,而世莫有知者。当时在馆阁谈经术,虽王公大人,莫敢与争锋。惟刘原父兄弟不肯少屈。东坡祭原父文，特载其事，有"大言滔天，诡论灭世"之语。祭文宣和以来，始得传于世。

乐全守陈，富公在亳社，以不奉行新法事为赵济所劾，谪知汝州，假道宛丘，与乐全相见。闲寒温外，富公叹曰："人果难知，某凡三次荐安石，谓其才可以大用，不意今日乃如此。"乐全曰："自是彦国未识此人，方平于某年知举，辟为点检试卷官，每向前来论事，则满试院无一人可其意者，自是绝之，至今无一字往还。"公不语久之。孙朴元忠时与乐全子弟在照壁后，亲闻其言如此。

邵先生名雍字尧夫，传《易》学，尤精于数，居洛中。昭陵末年，闻鸟声，惊曰："此越鸟也，孰为而来哉？"因以《易》占之，谓人曰："后二十年有一南方人作宰相，自此苍生无宁岁。君等志之。"朝廷屡诏不起，后即其家授以官，尧夫力辞之，乃申河南府，以病未任拜起，乞留告身在本府，俟痊安日祗受，朝廷益高之。元丰末卒，谥曰康节。

欧阳公在政府，闻康节之名，而未之识也。子棐叔弼之官，道经洛下，公曰："汝至洛，可往谒邵先生，致吾钦慕而无由相见之意。彼若留汝为少盘旋，不妨，所得言语，悉报来。"叔弼既到门，尧夫倒履出迎之，甚喜，延入室，说话终日。尧夫又自道平生所见人，所从学，所行事，谆谆不休。已而，又问曰：君能记否？至于再，至于三。棐虽敬听之，然不晓其意也。以书报公，公亦莫测。逮元丰间，尧夫卒，有司上其行应谥，而叔弼为太常博士，当作谥议，乃始恍然悟尧夫当时谆谆，盖是分付兹事也。先生其神哉！世以比郭景纯之于青衣儿，虽其事不同，而前知，实相类也。

温公与尧夫水北闲步，见人家造屋，尧夫指曰："此三间某年某月当自倒。"又指曰："此三间某年某月为水所坏。"温公归，因笔此事于所著文稿之后，久而忘之。因过水北，忽省尧夫所说，视其屋，则为瓦砾之场矣。问于人，皆如尧夫言，归考其事亦同。此事洛中士大夫多能道之。

富韩公居洛，其家圃中凌霄花无所因附而特起，岁久遂成大树，高数寻，亭亭然可爱。韩秉则云："凌霄花必依他木，罕见如此者，盖亦似其主人耳。"予曰："是花岂非草木中豪杰乎？所谓不待文王犹兴者也。"秉则笑曰:"君言大是。请以此为题而赋之。"予时为作近体七字诗一首,诗见予家集中。

晁检讨说之字季此,于崇宁初尝为予言,富公晚年见宾客,誉其奉使之功,则面颈俱赤,人皆不喻其意。子弟于暇日以问公,公曰:"当吾使北时,元勋宿将皆老死久矣,后来将不知兵,兵不习战,徒以聘问络绎,恃以无恐,虽曲不在我,若与之较,则彼包藏祸心,多历年所,事未可知。忍耻增币,非吾意也。吾家兄弟尝论之,惜乎东坡作神道碑日,不知此一段事也。"

范忠文公在蜀,始为薛简肃公所知,及来中州,人未有知者。初与二宋相见,二宋亦莫之异也。一日,相约结课,以《长啸却胡骑》为题,公赋成,二宋读之,不敢出所作。既而谓公曰:"君赋极佳,但破题两句无顿挫之功,每句之中各添一者字如何?"公欣然从之,二宋自此遂大加称赏,乃定交焉。

卷第三

范忠文公与司马文正公，平生智识谈论趣向，除议乐一事不同外，其余靡所不同。元祐初，温公起为相，忠文独高卧许下，凡累诏，皆力辞不已。其最后表云："六十三而求去，盖不待年七十五而复来，谁云中理？"朝廷从之。当是时中外士大夫莫不高公此举，而人至今以为美谈也。

范祖封，忠文公之孙也。尝梦忠文言："我墓前石人、石羊、石虎长短大小皆逾制，如我官，未应得也，汝可亟易之。"祖封既久，遂忘其梦，而坟寺僧忽报："一夕大雷，石人一折其手，一断其身为二"，乃始惊惧，遍与亲旧言其事。或曰忠文死犹守礼不逾，况生前乎！

蜀公与温公同游嵩山，各携茶以行。温公以纸为贴，蜀公用小黑木合子盛之，温公见之惊曰："景仁乃有茶器也。"蜀公闻其言，留合与寺僧而去。后来士大夫茶器精丽，极世间之工巧，而心犹未厌。晁以道尝以此语客，客曰："使温公见今日茶器，不知云如何也！"

蜀公居许下，于所居造大堂，以"长啸"名之，前有茶醾架，高广可容数十客，每春季花繁盛时，燕客于其下，约曰：有飞花堕酒中者，为余醰一大白。或语笑喧哗之际，微风过之，则满座无遗者，当时号为"飞英会"，传之四远，无不以为美谈也。

按状元之目，始自辟召，而本朝科举取士之法，合以省试正奏第一名当之，今呼廷试第一名为状元，非也。元祐间，潞公在朝，因马涓来谢，尝言其事。自此人莫不知，而莫能改也。

郑毅夫廷试日，曾明仲为巡察官，方往来之际，见毅夫笔不停缀，而试卷展其前，不畏人窃窥，意甚自得。明仲从旁见其破题两句云："大礼必简，圜丘自然。"因低语曰："乙起著、乙起著。"毅夫惊顾，知是明仲，乃徐读其赋，便悟明仲之意。乙起"大礼圜丘"二字，自觉破题更有精神。至唱名，果以此擅场。予屡见前辈说此事，所说皆同。

科举自罢诗赋以后，士趋时好，专以三经义为捷径，非徒不观史，而于所习经外,他经及诸子无复有读之者。故于古今人物及时世治乱兴衰之迹,亦漫不省。元祐初,韩察院以论科举改更事,尝言臣于元丰初差对读举人试卷,其程文中或有云古有董仲舒,不知何代人,当时传者,莫不以为笑。此与定陵时省试,举子于帘前上请云"尧、舜是一事、是两事"绝相类,亦可怪也。

李方叔言范蜀公将薨数日,须眉皆变苍黑,眉目郁然如画也。东坡云:"平生虚心养气,数尽神往,而血气不衰,故发于外,如是尔然。"范氏多四乳,故与人异,忠文立德如此,其化必不与万物斯尽也。

查道善鉴人物,知许昌日,张文懿罢射洪令归阙,过之,一见大悦,以书荐于杨大年,大年令诸子列拜之文,懿辞不敢当,大年曰:"不十年,此辈皆在君陶铸之末,但恨老朽不见君富贵耳。"其后,果如其言。

张文懿生百日不啼,身长七尺二寸,人皆异之。初为射洪令,有道士崔知微者谒公曰:"吾尝得相法于异人,公正鹤形,不十年相天下,寿考绝人甚远。"又县之东十里余罗汉院僧善慧,梦金甲神人叱令洒扫庭宇,相公且来矣,诘朝诵经以待之,即文懿公也。慧语此,文懿谢之云:"安有是事!"

张文懿虽为小官,而忧民出于至诚。在射洪,祷雨于白厓山陆史君之庙,与神约曰:"神有灵,即赐甘泽;不然,咎在令,当曝死。"乃立于烈日中,意貌端悫。俄顷,有云起西北,暧靆四合,雨大沾足。父老咨异,因为立生祠焉。

洪州顺济侯庙,俗号小龙。熙宁九年,发安南行营器甲,舟船江行,多有见之者。上遣林希言乘驿祭谢,希言至庙斋宿,是夜,龙降于祝史欧阳均肩,入香合蟠屈,行礼之际,微举其首,祭毕,自香合出于案上供器间,盘旋往来,徐入帐中。其长短大小,变易不一。执事官吏百余人皆见之,乃诏封顺济王。

陈文惠初见希夷先生,希夷奇其风骨,谓可以学仙,引之同访白阁道者。希夷问道者:"如何?"道者掉头曰:"南庵也,位极人臣耳。"文惠不晓南庵之语,后作转运使,过终南山,遇路人相告曰:"我适自南庵来。"乃遣左右往问南庵所在,因往游焉。行不数里,恍如平生所尝经历者。既至庵,即默识其宴坐寝息故处。考南庵修行示寂之日,即文惠垂弧之旦,始悟前身是南庵修行僧也。文惠自有诗八韵纪其事,予恨未见也。

欧公,下士近世无比,作河北转运使过滑州,访刘羲叟于陋巷中。羲叟时为布衣,未有知者。公任翰林学士,尝有空头门状数十纸随身,或见贤士大夫称道人物,必问其所居,书填门状,先往见之,果如所言,则便以延誉,未尝以位貌骄人也。

欧公父为绵州司户参军,公生于司户之官舍后,人于官舍盖六一堂,蜀中文士多赋诗。予政和初访蜀人张元常于兴国寺,见其唱和诗,颇有佳者。

《醉翁亭记》初成,天下莫不传诵,家至户到,当时为之纸贵。宋子京得其本,读之数过曰:“只目为《醉翁亭赋》,有何不可?”

欧公在颍上,日取《新唐书》列传令子棐读,而公卧听之。至《藩镇传叙》,嗟赏曰:“若皆如此传,其笔力亦不可及也。”

程琳字天球,张文节独知之。为三司使日,议者患民税多名目,恐吏为奸,欲除其名而合为一。琳曰:“合为一而没其名,一时之便;后有兴利之臣,必复增之,是重困民也。”议者虽莫能夺,然当时未知其言之为利也。至蔡京行方田之法,则尽并之,乃始思其言而咨嗟焉。大麦、矿绢、紬鞋钱,食盐钱。

“曳铃其空上,念无君子者,解组不顾公,其谓苍生何?”此谢绛希深《上杨大年秘书监启事》。大年题于所携扇曰:“此文中虎也,予尝得其全篇观之,他不称是;然学博而辞多,用事至千余言不困,亦今人少见者。”大率此体前辈多有之。欧公谢解时亦尚如此未变也,此风虽未变,近世文士亦不能为之。

范氏自文正公贵,以清苦俭约著于世,子孙皆守其家法也。忠宣正拜后,尝留晁美叔同匕箸,美叔退谓人曰:“丞相变家风矣。”问之,对曰:“盐豉棋子而上,有肉两簇,岂非变家风乎?”人莫不大笑。

范正平子夷,忠宣公子也。勤苦学问,操履甚于贫儒。与外氏子弟结课于觉林寺,去城二十里。忠宣当国时,以败扇障日,徒步往来,人往往不知为忠宣公之子。外氏乃城东王文正家。觉林寺,盖文正公松楸功德寺也。

曾肇子开修史书，吕文靖事不少假借。元祐间，申公当国，或以为言，公不答，待子开如初。客以密问公者，公曰："肇所职，万世之公也；人所言，吾家之私也。使肇所书非耶，天下自有公议；所书是耶，吾行其私，岂能使后世必信哉！"晁以道尝为予说其事，叹曰："申公度量如此，真宰相也。"

吕微仲居相位日，晁美叔为都司。一日，台疏论稽违事，语侵宰执，微仲曰："台省稽违，既有白简论列，则都司亦宜疚心。"美叔曰："白简之意，专在宰执。"微仲曰："论而当，当施行之；论而不当，自有公议，不宜以语言见侵，便怀私忿。况身在华要，宜务宽大，君等无惑乎未作贵人也，这些言语，犹容纳不得！"众皆惭而退。

予在太学，同舍有诵曾南丰集者。或曰："子何独喜此？"答云："吾爱其文似王临川也。"时一生家世能古文，闻其言，大笑曰："王临川语脉与南丰绝不相类，君岂见其议论时有合处耶？"予殊未晓其意，久之而疑焉。后二十年，闲居洧上，所与吾游者，皆洛、许故族大家子弟，颇皆好古文，因说黄鲁直论晁无咎、秦少游、王介甫文章，座客曰："鲁直不知前辈，亦未深许介甫也。"予尝见欧公一帖，乃答人论介甫文者，言此人而能文，角而翼者也。晁之道曰："吾亦曾见此帖，今在孙元忠家，其子秘藏，非气类者不出以示之。"元忠名朴，少为乐全客，元祐间为秘书少监，以帖中语考之，乃是介甫方辞起居注时帖也。

周茂叔居濂溪，前辈名士多赋濂溪诗。茂叔能知人，二程从父兄南游时，方十余岁，茂叔爱其端爽，谓人曰："二子他日当以经行为世所宗。"其后果如其言。崇宁以来，非王氏经术皆禁止，而士人罕言。其学者号伊川学，往往自相传道，举子之得第者，亦有弃所学而从之者，建安尤盛。伊川一日对群弟子，取《毛诗》读一二篇，掩卷曰："诗人托兴立言，引物连类，其义理炳然如此，其文章浑然如此，诸君尚何疑耶？若劳苦旁求，谓我所自得，以眩惑后生辈，吾不忍也。非独《诗》为然，凡圣人书，熟读之其义自见，藏之于心，终身可行，患在信之不笃耳。"

谢良佐字显道，韩师朴在相位，闻其贤，欲招之而不敢，乃遣其子治以大状先往见之，因具道所以愿见之意，士大夫莫不惊怪。或曰：嘉祐、治平以前，宰执稍礼下贤士者，类皆如此，自是近人不惯见也。

晁之道名詠之，黄鲁直字之叔予，资敏强记，览《汉书》五行俱下，对黄卷答客，笑语终日，若不经意。及掩卷论古人行事本末始终，如与之同时者。东坡作温公《神道碑》，来访其从兄补之无咎于昭德第。坐未定，自言"吾今日了此文，副本人未见也"。啜茶罢，东坡琅然举其文一遍，其间有蜀音不分明者，无咎略审其字，时之道从照壁后已听得矣。东坡去，无咎方欲举示族人，而之道已高声诵，无一字遗者。无咎初似不乐，久之，曰："十二郎真吾家千里驹也。"

晁之道读《旧唐书》，谓予曰："杜甫论房琯，肃宗大怒，当时人莫不为甫危之。而崔圆等皆营救，时颜鲁公为御史中丞，曾无一言。"予尝谓鲁公忠烈如此，而老杜赋《八哀》，独不及之，岂赋此诗时鲁公尚无恙耶？将诗人不无所憾，初未可知也？吾更考之耳。

顷年，近畿江梅甚盛，而许、洛尤多有。江梅、椒萼梅、绿萼梅、千叶黄香梅，凡四种。许下韩璠景文，知予酷好梅也，为致椒萼、绿萼两种，各四根，予植之后圃，作亭，遂以绿萼名之。书曰：他日访公于溱、洧之间，杖屦到门，更不通名，岸巾亭上梅，乃吾绍介也。景文，三韩家少师子华孙也，风采瑰润，字画遒媚，亦好作诗，尝为都厢，人颇才之。

中岳顶上松干如插笔，其间数株，上巨下细，枝柯似枯槎，皮或剥落，有半荣者。僧指云：此是岳神为珪，禅师夜移，天将晓，其鬼兵惧，遽倒植之而去。其言虽难信，而其树亦可怪也。

郑、许田野间，二三月有一种花，蔓生，其香清远，马上闻之，颇似木樨，花色白，土人呼为鹭鸶花，取其形似也，亦谓五里香、红薇花。或曰，便是不耐痒树也，其花夏开，秋犹不落，世呼百日红。

密县有一种冬桃，夏花秋实，八九月间，桃自开，其核堕地而复合，肉生满其中，至冬而熟，味如淇上银桃而加美，亦异也。

语儿梨初号斤梨，其大者重至一斤，不知语儿何义？郑州郭俱蒙陵旁产此甚多，其父老云：有田家儿数岁不能言，一日食此梨，辄谓人曰："大好！"众惊异，以是得名。洛中士大夫陈振著小说云："语儿当为御儿,盖地名梨所从出也。"按御儿非产梨之地,不知陈何所据也?

果中易生者莫如桃,而结实迟者莫如橘。谚云:头有二毛好种桃,立不逾膝好种橘。盖言桃可待橘不可待。洛下稻田亦多,土人以稻之无芒者为和尚稻,亦犹浙中人呼师婆粳,其实一也。

溱、洧之源出马岭,今在河南府永安界,号玉仙山。历城东南为溱、洧,其水清,有鱼数种,土人不善施网罟,冬积柴水中为罧音渗。以取之,以捣泽蓼杂煮大麦撒深潭中,鱼食之辄死,浮水上,可俯掇。久之复活,谓之醉鱼云。

麦秋种夏熟,备四时之气,荞麦叶青、花白、茎赤、子黑、根黄,亦具五方之色。然方结实时,最畏霜,此时得雨,则于结实尤宜。且不成霜,农家呼为解霜雨。穄,西北人呼为糜子,有两种,早熟者与麦相先后,五月间熟者,郑人号为麦争场。

草乌头,近畿如嵩、少、具茨诸山,亦多有之。花开九月,色青可玩,人多移植园圃,号鸳鸯菊,盖取其近似耳。

木香有二种,俗说檀心者,号酴醾,不知何所据也。京师初无此花,始禁中有数架,花时民间或得之,相赠遗,号禁花,今则盛矣。

银杏出宣、歙,京师始惟北李园地中有之,见于欧、梅唱和诗。今则畿甸处处皆种。予游阳翟北四十里龙福寺,寺在超化南乱山中,佛殿前有数树,树大出屋而不结实,同游朝散大夫许和卿同叔言:"木自南而北者多苦寒,有一法,于腊月去根傍土,取麦糠厚覆之,火然其糠,俱成灰,深培如故,则不过一二年,皆能结实。若岁用此法,则与南方不殊,亦犹人炷艾耳。吾屡试之矣。"同叔为人敦厚方实无城府者,其言当不欺云。

卷第四

　　龙福寺据大龟山腹,前负佛殿,山西有雁翅岭,岭下有龙潭,皆取其形似也。寺有伏虎禅师,相传云,山旧多虎,猎者数人,方射虎,有僧来乞食,猎者指虎穴绐云:"彼有吾芰舍,食饮略具,可往一饱。"僧如言而往,日将暮,寂不闻声,乃登东岩望之,见僧跏趺坐穴中,虎驯绕其侧,惊异,弃弓矢罗拜,大呼曰:"愿为师弟子,不复射生矣。"僧筑庵大龟山腹,自此虎不为害,学徒日盛,遂为大寺。后以龙潭祷雨屡应,赐今名焉。今正殿西南有禅师祠堂,塑像是真身,猎者五人侍左右。

　　龙福寺门外东偏,有修竹二亩余,殆不减洛中所产。有鼠喜食其笋,寺僧于笋生时置鼓昼夜鸣之,谓之惊鼠鼓。予与韩秉则同游见之,秉则笑曰:"使王子猷遭此鼠,必躬自挝鼓,传中又添此一事,以为后人笑谈也。"

　　芙蓉禅师道楷,始住洛中招提寺,倦于应接,乃入五度山,卓庵于虎穴之南。昼夜苦足冷,时虎方乳,楷取其两子以暖足,虎归不见其子,咆哮跳掷,声振林谷。有顷,至庵中,见其子在焉,瞪视楷良久,楷曰:"吾不害尔子,以暖足耳。"虎乃衔其子曳尾而去。

　　代州五台山太平兴国寺者,直《金刚经》窟之上,乃古白虎庵之遗址也。相传云,昔有僧诵经庵中,患于乏水,适有虎跑,足涌泉鬐沸徐清,挹酌无竭,因号"虎跑泉",而庵以此得名。

　　代州清凉山清凉寺,始见于《华严经》,盖文殊示现之地也。去寺一里余,有泉号一钵,泉一钵许,挹之不竭,或久之不挹,虽盈而不溢,其理不可解,亦一异也。清凉山数出光景,不可胜纪。甲寅年腊月八日,夜现白圆光,通夕不散,人往来观瞻,如身在月中,比他日所见,尤为殊异。

　　秘魔岩灵迹甚多,尝有飞石入厕,度其石之尺寸,则大于户,不知从何而入也。僧有不被袈裟而登岩者,则必有石落中路,或飞石过耳如箭声，人皆恐怖。

长松产五台山，治大风有殊效，世人所不知也。文殊指以示癞僧，僧如其所教，其患即愈。自此名著于清凉传，而《本草》未之载也。

嵩少比南方山极雄壮，然石多而土少，乏秀润之气，石皆坚顽，不可镌凿，峻极上院。尝于其院东凿井，经年才深丈许，每凿一寸，顾佣钱至一千，匠者不至也。法当积薪其中然之，乘热沃以酽醋，然后施工，庶乎其可也。予尝语其寺僧，但恐山中难得好醋耳。

夜叉石一里余有泉一眼，清甘可饮，旧号"救命水"。欧公与圣俞同游时，改为"醒心泉"。或云旧名虽鄙恶，然亦得其实也。

虎头岩在真君观西，岩北有一谷，幽深而险，人迹罕到。道人沈天休尝言，顷年采药其中，粮绝，掘山药煮食，见一藤引蔓甚远，而叶亦特大，疑其非也，乃共掘之。大如柱，长数尺，盖亦山药也。大茎可享半月，戏目为玉柱，其后玉柱之名稍著。山有玉柱峰，其下为玉柱川，鬻山药者利其易售，皆冒玉柱之名，然其实不知本末也。

巴榄子如杏，核色白，褊而尖长，来自西蕃。比年近畿人种之，亦生树，似樱桃，枝小而极低，惟前马元忠家开花结实，后移植禁御。予尝游其圃，有诗云："花到上林开。"即谓此也。

大隗山，即庄子所谓具茨山也。山有具茨寺，其中产一种木，身干枝叶皆如槐，三二月开花，色红而细，俗呼为槐三香，亦有种园圃中者。

具茨山亦产蕨，采药者云，其根即黑狗脊也。按《本草图经》，黑狗脊有一种，乃蕨也，而其下不云是蕨，盖苗已老，修书遗其说耳。具茨人虽采蕨为蔬茹，然不知其名，但呼为小儿拳。予游龙福寺见于道旁，自尔岁遣人采焉，山下人知其为蕨，稍有珍之者。

药有五加皮，其树身干皆有刺，叶如楸，俗呼之为刺楸。春采芽可食，味甜而微苦，或谓之苦中甜云，食之极益人。予在东里，山中人岁常以此饷，因移植后圃，盖无可玩者，特为其芽可食耳。

密县超化寺，乃畿西山水胜处。考碑碣，始建于隋。泉色如琉璃，涌为珠出波面，其池极浅，僧云：焦土襄陵，不涸不溢，往岁中贵人降香，乃于塔东命以锹试之，一锹泉涌出，至今谓之一锹井云。

红蓼即诗所谓游龙也,俗呼水红,江东人别泽蓼,呼之为火蓼。道家方书亦有用者,呼为鹤膝草,取其茎之形似也。然泽蓼有二种,味辛者酒家用以造曲,余不入用也。

藜有二种,红心者俗呼为红灰藋,徒吊切。古人食之,多以为羹,所谓藜羹不糁是也。而今人少有食者,岂园蔬多品而不顾乎?然山人处士未之弃也。其身干轻而坚,以为杖,则于老者尤宜。唐人犹有编为床者,往往见于篇什。仙方用之为秘药,或入烧炼药,多取红心者,易名为鹤顶草。

石炭不知始何时。熙宁间,初到京师,东坡作《石炭行》一首,言以冶铁作兵器甚精,亦不云始于何时也。予观《前汉·地理志》:豫章郡出石,可燃为薪。隋王卲论火事,其中有石炭二字,则知石炭用于世久矣。然今西北处处有之,其为利甚博,而豫章郡不复说也。

欧公作《花品》,目所经见者,才二十四种,后于钱思公屏上得牡丹,凡九十余种,然思公《花品》无闻于世,宋次道《河南志》于欧公《花品》后,又增二十余名。张峋撰《谱》三卷,凡一百一十九品,皆叙其颜色容状,及所以得名之因。又访于老圃,得种接养护之法,各载于图后,最为详备。韩玉汝为序之,而传于世。大观政和以来,花之变态,又有在峋所谱之外者,而时无人谱而图之,其中姚黄尤惊人眼目。花头面广一尺,其芬香比旧特异,禁中号一尺黄。予在南平城,作《谢范祖平朝散惠花》诗云:"平生所爱曾莫倦,天遣花王慰吾愿。姚黄三月开洛阳,曾观一尺春风面。"盖记此事也。祖平字準夫,忠文公之诸孙也。以雄倅致仕,居许下被俘,惠予花时,年六十一岁矣。

嵝南山水极佳,而多奇产。说似中州人,辄謷蹙,莫有领其语者。以其有瘴雾,世传十往无一二返也。予大观间见供备库使李,忘其名。自言二十三以三班借职度五岭,历二广,差遣北归,已七十九矣。得监东太乙宫香火,其体力强健,行步如四五十许人。宣和间,其族人云尚无恙,乃信元微之至商山赋《思归乐》言赵卿事不诬。而东坡《答参寥报平安书》云:虽居炎瘴,幸无所苦,京师国医手里死汉甚多。此虽宽参寥之语,与元微之至商山所赋,盖为不独炎瘴能死人,其理之常然者,非过论也。

　　郑州东仆射陂,盖后魏孝文迁洛时,赐仆射李沖之陂也。后人立祠,远近皆呼为仆射庙。章圣皇帝西祀过之,遣官致祭,有祭文刻石在焉。近世遂传为李卫公仆射庙。土人得卫公行册以藏庙中,而崇宁以来赐庙额,亦以为卫公不疑,而士大夫莫有是正之者。

　　《笔谈》载淡竹叶,谓淡竹对苦竹,凡苦竹之外,皆淡竹也。新安郡界中,自有一种竹叶,稍大于常竹,枝茎细,高者尺许,土人以作熟水,极香美可喜。方药所须,悉用之有效,岂存中未之见耶?

　　新安郡婺源县境中,产一种草茎,叶柔弱,引而不长,叶类甘菊叶,俗呼蔗,今讹为遮字,盖食之味苦,而有余甘也。性温行血,尤宜产妇。煮熟揉去苦汁,产后多食之无害,往往便以为逐血药也。又呼苦益菜,访之医家,莫有知者。

　　去钜鹿郡西北一舍,有泉,按《水经》,名达活,源深流长,广轮数百里享其利。咸平间,刺史柳开疏泉一支,植千柳,为亭于其上,为一郡胜游之地。熙宁壬子岁,泉忽沦伏不见,后五年元丰改元之初,太守王愭率郡僚祷于泉上,不越月而复出,再逾时而浩浩汤汤,倍加厥初,阖境神异之,因易名为再来泉,至今六七十年。焦土襄陵,不增不减,当时通判虢州王宏微为志其事,刻石尚存焉。

　　吕申公公著,当文靖秉政时,自书铺中投应举家状,敝衣蹇驴,谦退如寒素,见者虽爱其容止,亦不异也。既去问书铺家,知是吕廷评,乃始惊叹。

　　谢涛字济之,绛之父也。绛为太子宾客,女适梅尧臣,幼为王黄州所知,世称雅善,品藻文章。江夏黄才叔喜自负其文,谓涛曰:“公能损益一字,吾服公。”涛为削去二十字,才叔虽不乐,然无以胜之也。

　　欧公论谢希深曰:三代以来,文章盛者,称西汉。希深制诰尤得其体,世谓常、杨、元、白,便不足多也。

　　王文康再使北,有《戴斗奉使录》三卷。文康预修《传灯录》、《册府元龟》。景德中命近臣修书时,杨文公为太常丞制,以二公并命,论者以才名等夷,非复爵位差降也。

　　元符末,王敏中长户部,丰相之自独坐迁工部尚书。敏中表言:“丰稷厚德,时所领属,臣古实不逮也,乞立班在丰稷下。”诏不从,士大夫至今以为美谈。

宋次道龙图云：校书如扫尘，随扫随有。其家藏书，皆校三五遍者。世之畜书，以宋为善本，居春明坊。昭陵时，士大夫喜读书者，多居其侧，以便于借置故也。当时春明宅子比他处僦直常高一倍，陈叔易常为予言此事，叹曰："此风岂可复见耶？"

穆修伯长在本朝，为初好学古文者。始得韩、柳善本，大喜，自序云：天既餍我以韩，而又饫我以柳，谓天不予飨，过矣。欲二家文集行于世，乃自镂板鬻于相国寺。性伉直，不容物，有士人来酬，价不相当，辄语之曰："但读得成句，便以一部相赠。"或怪之，即正色曰："诚如此，修岂欺人者？"士人知其伯长也，皆引去。

古语云：大匠不示人以璞。盖恐人见其斧凿痕迹也。黄鲁直于相国寺，得宋子京《唐史稿》一册，归而熟观之，自是文章日进。此无他也，见其窜易句字与初造意不同，而识其用意所起故也。

读欧公文，疑其自肺腑流出，而无斫削工夫。及见其草，逮其成篇，与始落笔十不存五六者，乃知为文不可容易。班固云：急趋无善步。良有以也。

凡人溺于所见，而于所不见，则必以为疑。孙皓问张尚曰："'泛彼柏舟'，柏中舟乎？"尚曰："《诗》又云'桧楫松舟'，则松亦中舟矣。"皓忌其胜己，因下狱。南方佳木而下舟，不及松柏，此皓所以疑也。今西北率以松柏为舟材之最良者。有溺于所见，遽谓柏不可以为舟，断以己意，以训导学者，而弃先儒之说，可怪也。《邶之风》言舟宜济渡，犹仁人宜见用，柏宜为舟，《鄘风》亦然。乃独于《邶风》释之，可以概见也。况非其地之所有，风俗所宜，诗人不形于歌咏，昔人盖尝明之矣。孙皓虽忌张尚之胜己，然不敢以训人也。

宇文大资尝为予言：《湘山野录》，乃僧文莹所编也，文莹尝游丁晋公门，公遇之厚，其中凡载晋公事，颇佐佑之。予退而记其事，因曰：人无董狐之公，未有不为爱憎所夺者。六一居士诗云："后世苟不公，至今无圣贤。"然后世岂可尽欺哉？

介甫对裕陵，论欧公文章，晚年殊不如少壮时，且曰：惟识道理，乃能老而不衰。人多骇此语。予与韩秉则正言论此，秉则曰："道理之妙,当求于圣人之言。圣人之言,具在六经,不可揜也。欧公识与不识,姑置之勿问,不知介甫所谓'道理',果安在?抑六经之外,别有道理乎?东坡祭原父文云:'大言滔天,诡论灭世。'盖指介甫也。介甫当时在流辈中,以经术自尊大,唯原父兄弟敢抑其锋,故东坡特于祭文表之,以示后人。然亦未知其于君臣间如此无顾忌也。"时坐客颇众,莫不以秉则之言为然。

　　唐制,常参官自建中以后,视事之三日,令举一人以自代,所以广得人之路也。本朝沿袭,惟两制以上,乃得举自代,而常参官不预也。祖宗以来,从官多举已仕官而名级尚微者,韩子华在翰苑日,乃以布衣常秩充选,而莫有继之者。建中靖国间,刘器之以待制出守中山,乃举一布衣,忘其姓名。当时莫不骇异,而不知援子华例也。熙宁末,曾敫以常润团练推官,为福建常平属官,乞朝辞上殿,阁门以前,无选人入辞上殿例,诏特引对,罢为潭州州学教授。

卷第五

本朝《九域志》，自大中祥符六年修定，至熙宁八年，都官员外郎刘师旦言：自大中祥符至今六十年，州县有废置，名号有改易，等第有升降，兼所载古迹有出于俚俗不经者，乞选有地里学者重修之。乃命赵彦若、曾肇就秘省置局删定，今世所刊者是也。崇宁末，诏置局编修，前后所差官不少，然竟不能成。

晁端禀大受，少以知人则百僚，任职为开封府解头。大受为文敏而工，于王禹玉为表侄。禹玉内集，酒数行，而欧公《谢致仕启事》至。禹玉发缄看，称美不已，谓大受曰："须以一启答之，此题目甚好，非九哥不能作也。"大受略不辞让，酒罢，方啜茶，启已成矣。禹玉惊其速，虽夸于坐人，而意终不乐。

章子厚与晁秘监美叔，同生乙亥年，同榜及第，又同为馆职，常以"三同"相呼。元祐间，子厚有诗云："寄语三同晁秘监。"寄语乃谓此也。然绍圣初，子厚作相，美叔见其施设大与在金山时所言背违，因进谒力谏之，子厚怒，黜为陕守，美叔谓所亲曰："三同今百不同矣。"

章惇被谪，钱勰草词云："硁硁无大臣之体，鞅鞅非少主之臣。"章甚衔之。绍圣初，召拜首台，翰林承旨曾布子宣草麻暨庭宣，有"赤舄几几，对南山岩岩"之语。在庭士大夫相语云："今则几几岩岩，奈何硁硁鞅鞅乎？"未几，钱自吏部尚书贬知池州。

秦少游自郴州再编管横州，道过桂州秦城铺，有一举子，绍圣某年省试下第，归至此，见少游南行事，遂题一诗于壁曰："我为无名抵死求，有名为累子还忧。南来处处佳山水，随分归休得自由。"至是少游读之，泪涕雨集。徽宗践祚，流人皆牵复，而少游竟死贬所，岂非命耶！

朝廷初令诸路州军创天庆观，别建圣祖殿。张文懿时为广东路都漕，请曰："臣所部皆穷困，乞以最上律院改充。"诏许之。仍诏诸路委监司守臣，亲择堪为天庆观寺院改额为之，不得因而生事。

刘道原自洛还庐阜时,过淮南见晁美叔,美叔呼诸子拜之。道原曰:"诸郎皆秀异,必有成立,无为狁学,但自守家法,他日定有闻于世。狁学已为今日患,后三十年横流,其患有不可胜言者。恕与公老矣,诸郎皆自见之,勿忘吾言。"

隆德府屯留县王诰,字宣叔,少习文,应进士举,以家贫训幼学为业,屡取乡荐,而于省试辄不利。每赴省试,必梦胡僧,姿状雄伟,谓曰:"君此行徒劳耳。君骨相虽主有才,而不应得禄。位寿可过耳顺,外是,非余所知也。"年五十余,又将赴省试,梦前僧相贺曰:"君是举必登第无疑矣。"梦中诘之曰:"师向语我不当得禄位,今乃云登第,何也?"僧曰:"以君教导童子,用心笃志,不负其父母所托,为有阴德,故天益君算,而报君以禄位。"因引至一官府,指庭下所陈古乐器曰:"君姑记之,异时当自悟也。"厥后亦数有梦,但其僧不复见,而所陈乐器如初。时蜀公方献新乐,诏于延和殿按试,诰意廷试必问乐,凡古今乐事无不经意者。逮试日,所得赋题乃《乐调四时和》也。是岁始预正奏名,遂于马涓榜下赐第。历官数任,以奉议郎致仕,年七十有七卒于家。潞人能言此事者甚多,因为记之。

曾明仲治郡善用耳目,于迹盗尤有法。潞公过郑失金唾壶,明仲见公于驿中,公言其事,明仲呼孔目官附耳嘱付之。既去不食,顷已擒偷唾壶人来矣。潞公归朝,大称赏之。

刘道原日记万言,终身不忘,壮舆亦能记五六千字,壮舆之子所记才三千字,晁以道戏壮舆曰:"更两世当与我相似。"

东坡尝谓刘壮舆曰:"《三国志》注中好事甚多,道原欲修之而不果,君不可辞也。"壮舆曰:"端明曷不为之?"东坡曰:"某虽工于语言,也不是当行家。"

东坡自黄徙汝,过金陵,荆公野服乘驴,谒于舟次,东坡不冠而迎揖,曰:"轼今日敢以野服见大丞相。"荆公笑曰:"礼为我辈设哉?"东坡曰:"轼亦自知相公门下用轼不著。"荆公无语,乃相招游蒋山。在方丈饮茶次,公指案上大砚曰:"可集古人诗联句赋此砚。"东坡应声曰:"轼请先道一句。"因大唱曰:"巧匠斫山骨。"荆公沉思良久,无以续之,乃起曰:"且趁此好天色,穷览蒋山之胜,此非所急也。"田昼承君是日与一二客从后观之,承君曰:"荆公寻常好以此困人,而门下士往往多辞以不能,不料东坡不可以此慑伏也。"承君建中靖国间为大宗正丞,曾布欲用为提举常平,以非其所素学,辞不受,士论美之。

东坡云,郗超虽为桓温腹心,以其父愔忠于王室,不令知之。将死,出一箱书付门生曰:"本欲焚之,恐父年尊必以相伤为毙,我死后,若大损眠食,可呈此箱;不尔,便烧之。"愔后果哀悼成疾,门生依指呈之,悉与温往返密计,乃大怒曰:"小子死恨晚矣!"更不复哭。若方回者,可谓忠臣矣,当与石碏比。然超不谓之孝,可乎? 使超知君子之孝,则不从温矣。东坡先生曰:"超,小人之孝也。"

东坡在儋耳,因试笔,尝自书云:吾始至南海,环视天水无际,凄然伤之,曰:"何时得出此岛耶? 已而思之,天地在积水中,九州在大瀛海中,中国在少海中,有生孰不在岛者? 覆盆水于地,芥浮于水,蚁附于芥,茫然不知所济。少焉水涸,蚁即径去,见其类出涕曰:几不复与子相见! 岂知俯仰之间,有方轨八达之路乎? 念此可以一笑。"戊寅九月十二日与客饮薄酒小醉,信笔书此纸。

东坡云:"遇天色明暖,笔砚和畅,便宜作草书数纸,非独以适吾意,亦使百年之后与我同病者,有以发之也。"张长史怀素得草书三昧,圣宋文物之盛,未有以嗣之,惟蔡君谟颇有法度,然而未放,止与东坡相上下耳。

东坡与客论食次,取纸一幅书以示客云:烂蒸同州羊羔,灌以杏酪,食之以匕不以箸。南都麦心面作槐芽温淘糁,襄邑抹猪炊共城香粳,荐以蒸子鹅。吴兴庖人斫松江鲙,既饱,以庐山康王谷帘泉,烹曾坑斗品茶。少焉,解衣仰卧,使人诵东坡先生《赤壁》前后赋,亦足以一笑也。东坡在儋耳,独有二赋而已。

东坡至儋耳,见野花夹道,如芍药而小,红鲜可爱,朴樕丛生。土人云:倒黏子花也,结子如马乳,烂紫可食,殊甘美。中有细核,并嚼之,瑟瑟有声,亦颇涩。童儿食之,或大便难。叶背白,如石韦状,野人秋夏病痢,食其叶辄已。海南无柿,人取其皮剥浸烂杵之得胶,以代柿漆,盖愈于柿也。吾久苦小便白浊,近又大府滑,百药不瘥,取倒黏子嫩叶蒸之,焙燥为末,以酒糊丸,日吞百余,二府皆平复,然后知其奇药也。因名"海漆"，而私记之，贻好事君子，明年子熟，当取子研滤酒为膏以剂，不复用糊矣。

东坡在海外，于元符二年春且尽，因试潘道人墨，取纸一幅，书曰："松之有利于世者甚博：松花脂茯苓，服之皆长生，其节煮之以酿酒，愈风痹强腰足；其根皮食之肤革香，久则香闻下风数十步外；其实食之滋血髓，研为膏入漓酒中，则醇酽可饮。其明为烛，其烟为墨，其皮上藓为艾，纳聚诸香烟。其材产西北者至良，名黄松，坚韧冠百木。略数其用于世，凡十有一，不是闲居，不能究物理之精如此也。"

东坡尝语子过曰："秦少游、张文潜才识学问，为当世第一，无能优劣二人者。少游下笔精悍，心所默识，而口不能传者，能以笔传之。然而气韵雄拔，疏通秀朗，当推文潜。二人皆辱与予游，同升而并黜。有自雷州来者，递至少游所惠书诗累幅，近居蛮夷得此，如在齐闻《韶》也，汝可记之，勿忘吾言。"

东坡因子过读《南史》，卧而听之，语过曰："王僧虔居建康禁中里马粪巷，子孙贤实谦和，时人称为'马粪诸王'，为长者。《东汉》赞论李固云：视胡广、赵戒如粪土。粪之秽也，一经僧虔，便为佳号，而以比胡、赵，则粪有时而不幸，汝可不知乎！"

东坡因与方士论内外丹，仍有所得，喜而曰："白乐天作庐山草堂，盖亦烧丹也。丹欲成而炉鼎败，明日，忠州除书到，乃知出世间事不两立也。仆有此志久矣，而终无成，亦以世间事未败故也。今日真败矣。《书》曰：'民之所欲，天必从之。'信而有征，君辈为我志之。"

东坡言唐僧段和尚善弹琵琶，制《道调》，梁州国工康昆仑求之不得，后于元载子伯和处得女乐八人，以其半遗段，乃得之。予家旧有婢，亦善作此曲，音节皆妙，但不知道调所谓。今日读《唐史·乐志》云：高宗以为李氏老子之后，故命乐工制《道调》，皆在海外语过者。

东坡云，今琵琶有独弹，不合胡部诸调，曰：某宫多不可晓。《乐志》又云，《凉州》者，本西凉所献也，其声本宫调，有大遍小遍。正元初，乐工康昆仑寓其声于琵琶，奏于玉宸殿，因号《玉宸宫调》。予尝闻琵琶中作轹弦薄媚者，乃云是《玉宸宫调》也。

东坡言，唐初即用隋乐，武德九年，始诏祖孝孙窦琎等定乐。初隋用黄钟一宫，惟击七钟，五悬而不击，谓之哑钟。张文收乃依古断竹数十二律，与孝孙等次调五钟，叩之而应，由是十二钟皆用。至肃宗时，山东人魏延陵得律一，因李辅国奏云，云《太常乐调》皆下不合黄钟，请悉别制诸钟，帝以为然，乃悉取诸乐器磨剡之，二十五日而成。然以汉律考之，黄钟乃太簇也，当时议者以为非是。唐自肃、代以后，政日急，民日困，俗日偷，以至于亡。以理推之，其所谓下者，乃钟声也，悲夫！

东坡在儋耳，谓子过曰："吾尝告汝，我决不为海外人，近日颇觉有还中州气象，乃涤砚索纸笔焚香曰，果如吾言，写吾平生所作八赋，当不脱误一字。"既写毕，读之，大喜曰："吾归无疑矣。"后数日，而廉州之命至。八赋墨迹始在梁师成家，或云入禁中矣。

章楶质夫作《水龙吟》咏杨花，其命意用事，清丽可喜，东坡和之，若豪放不入律吕。徐而视之，声韵谐婉，便觉质夫词有织绣工夫。晁叔用云："东坡如毛嫱、西施，净洗却面，与天下妇人斗好，质夫岂可比耶！"

东坡性不忍事，尝云："如食中有蝇，吐之乃已。"晁美叔每见以此为言。坡云："某被昭陵擢在贤科，一时魁旧往往为知己。上赐对便殿，有所开陈，悉蒙嘉纳。已而章疏屡上，虽甚剀切，亦终不怒。使某不言，谁当言者？某之所虑，不过恐朝廷杀我耳。"美叔默然，坡浩叹久之，曰："朝廷若果见杀我，微命亦何足惜！只是有一事，杀了我后好了你。"遂相与大笑而起。美叔名端彦。

东坡之殁，士大夫及门人作祭文甚多，惟李廌方叔文尤传。如"道大不容"，"才高为累"，"皇天后土，鉴平生忠义之心；名山大川，还千古英灵之气"，"识与不识，谁不衋伤，闻所未闻，吾将安放"，此数句，人无贤愚，皆能诵之。

温公既薨于位，而元丰余党以先政撼摇宰执，刘莘老持两端，独微仲子由奋不顾身，靡所依违。时韩川上言云："伏闻朝廷谓前日臣下罪恶，已赐施行，将降诏书，自今以前事状，更不复问，戒敕言者，不许弹劾。得于传闻，臣不敢信，反覆开陈累千百言，盖疑莘老也。"后三月，果有诏书，谓"罪显者已正，恶巨者已斥，则宜荡涤隐疵，阔略细故,一应今日以前事状,一切不问,有司不得施行"。川遂言张璪罪显恶大,独在朝廷,而刘器之等交攻不已,因并言莘老。莘老久之,亦求出。议者论微仲子由非不虑后患也,为天下计,当如此耳。

予尝闻陈叔易与人言,韩川章疏崔台符、杨汲、王孝先等,元丰以后,次第为大理卿,专视蔡确风旨。数年以来,锻炼刑狱,至二万二千余事,而诉理所才八百余事。则知贫弱不能自诉,及流移死亡而无人为雪理者,皆在八百事之外也。绍圣、崇宁干进之臣,持此藉口,指为谤讪,而不推原专视宰相风旨之人,上累裕陵,是以深刻固爵位者愈得志,而大臣误国者终以忌器,不可论列,小人一何幸哉!予在南平城得元祐所编类臣僚章疏,而韩川一集在其中。其言台符等所断过刑狱数目,与当时所传不差。

熙宁大臣以缙绅不附,多起大狱,以胁持上下,而蔡新州因是取台辅。元祐间,置诉理所专为新州之党,上误裕陵。建中靖国元年,范致虚知绍述之说复行,引诉理为言,欲击韩师朴而助曾子宣。师朴论其奸,自谏垣出为郓倅,既到任,谢表犹云云不已。其略云:岂十九年之睿断,有八百件之冤刑。当时读其表者,莫不知其必取好官,而恶其心术之险也。

卷第六

丰相之作独座日，曾子宣拜相，疑相之不附己，密遣其客倪直侯探其意。直侯见丰曰："曾公真拜如何？"相之曰："也且看其设施始得。"子宣闻其言怒甚，翼日罢为工部尚书，故相之谢表云："内侍已成于怨府，何不思危佞，人未刻于封章。"俄闻报罢，盖相之屡言郝随不听，而欲论子宣又不果也。

刘德初为仪真教授，日与官奴密游，监司欲发其事，晁美叔秘监时为大漕，其子之道从容言刘与某气类不相合，然其人必贵，美叔因营救之，德初甚感焉。建中靖国间，德初知时事将变，谓吴材圣曰："吾侪取富贵，正在此时。晁之道有文章，善词令，可引为台谏以相助。"之道闻二公言，答曰："此固所愿，但某自视骨相，不是功名会中人。若不见听，恐必败二公事。"二公知其意不可强，遂止。

邢恕字和叔，吕申公、司马温公皆荐其才可用。子居实字惇夫，年未二十，文学早就，议论如老成人。黄鲁直诸公皆与之为忘年友，所谓"元城小邢"是也。元祐更张新政之初不本于人情者，和叔见申公密启曰："今日更张，虽出于帘帷，然子改父法，上春秋鼎盛，相公不自为他日地乎？"申公不答。未几，复以此撼摇温公。温公曰："他日之事，吾岂不知？顾为赵氏虑，当如此耳。"和叔忿然曰："赵氏安矣，司马氏岂不危乎？"温公曰："光之心本为赵氏，如其言不行，赵氏自未可知，司马氏何足道哉？"和叔恚恨二公不听纳其说。绍圣中，言二公有废立之意，而己独逆之，阴沮其事。蔡元度乘虚助之，踪迹诡秘，士大夫莫不知之。章子厚入其言，酝酿已成，密令觇者于高氏南北二第，讥察其出入。哲宗将御后殿施行之钦成知之而不能遏，以闻钦圣。钦圣曰："事急矣。"乃同邀车驾，问曰："常时不曾御后殿，今必有大事也。"哲宗亦不隐。钦圣曰："大臣既有异谋，必上累娘娘。且官家即位后，饮食起居尽在娘娘阁，未尝顷刻相离也。使娘娘果怀此心，当时何所不可，乃与外廷谋乎？"哲宗始大悟，怀中探一小册子，以授钦圣，遂降指挥，不御后殿，其事遂寝。然申、温二公犹追贬也。惇夫是时已蚤世矣。鲁直诗曰："鲁中狂士邢尚书，自言扶日上天衢。惇夫若在镌此老，不令平地生丘墟。"正谓此也。建中靖国间，钦圣降出小册子，和叔放归田里，曾子开行词头，其略云：使光公著被凶悖之名，蒙窜斥之罪，欺天误国，职汝之由。矧汝于彼二人，实门下士，借重引誉，恩意非轻。一旦翻然，反为仇敌，挤之下石，孰谓虚言！子厚于谪所闻之惶惧，于谢表中自叙云：极力以遏绝徐王觊觎之谤，一意以推尊宣仁保祐之功。岂惟密尽于空言，固亦显存于实状。反覆诡诈，掠虚美者他人；戆直拙疏，敛众怨于一己。所谓欲盖而弥彰也。

元祐初，蔡京首变神宗役法，苏子由任谏官，得其奏议，因论列其事。至崇宁末，京罢相，党人并放还，寻有旨：党人不得居四辅，京再相，子由独免外徙。政和间，子由讣闻，赠宣奉大夫，仍与三子恩泽。王辅道为予言，京以子由长厚，必不肯发其变役法事，而疑其诸郎，故恤典独厚也。

蔡京进退，倚中贵人为重，恨无以结其心，每对同列言：三省、枢密院胥史文资中，为中大夫者，宴则坐朵殿，出则偃大藩，而至尊左右有勋劳者甚众，乃以祖宗以来正法绳之，吾曹心得安乎？于是幸门一开，建节者二十余辈，至领枢府封王为三少时。时陶铸宰执者，不无人焉。

吴伯举守姑苏，蔡京自杭被召，一见大喜之。京入相，首荐其才，三迁为中书舍人。时新除四郎官，皆知县资序，伯举援旧例，言不应格。京怒，落其职知扬州。未几，京客有称伯举之才者，且言："此人相公素所喜，不当久弃外。"京曰："既作好官，又要作好人，两者岂可得兼耶？"

蔡京丰吏禄以示恩，虽闲局亦例增俸入。张天觉作相，悉行裁减，邹浩志完以宫祠里居，月所得亦去其半。尝谓晁检讨曰："天觉此事，吾侪无异词。但当贫窭之际，不能不怅然。"乃知天下人喻义者少也。

自崇宁以来，给舍多不论驳。靖康新政，人人争言事，唐恪在凤池，谓朝请大夫王仰曰："近来给舍封驳太多，而晁舍人特甚。朝廷几差除不行也,君可语之。"以道闻其言,笑而不答。仰字子高,王子发之子也,室唐氏,子晁出也,故中书君使之达此意。

熙河用兵,岁费四百余万缗,自熙宁七年以后,财用出入稍可会计者,岁常费三百六十万缗。元祐二年七月,内令穆衍相度,措置熙河兰会路经制财用司事,所取到元丰八年最近年分,五州军实费,计三百六十八万三千四百八十二贯。今随事相度裁减,除豁共约计一百八十九万七千三百余贯,鄜延开拓不在其数。北边自增岁赐以来,绵絮、金币不过七十万,是一岁开边五倍之,而戎羌跳梁出没不时,赤子蹈锋镝之祸者,可胜痛哉!东坡云:横费之才犹可以力补,而既死之民不可以复生。真保国者药石之论也。用兵与结好,其利害相悬绝如此。曹南院帅秦日,不肯向西行一步,其智识真雄杰人哉!

政和以后,黄冠寖盛,眷待隆渥,出入禁掖,无敢谁何。号金门羽客,恩数视两府者,凡数人,而张侍晨虚白在其流辈中,独不同。上每以"张胡"呼之,而不名焉。性喜多学,而于术数靡不通悟,尤善以太一言休咎,然多发于酒,曰:某事后当然,已而果然。尝醉枕上膝而卧,每酒后尽言,无所讳,上亦优容之,曰:"张胡,汝醉也。"宣和间,大金始得天祚,遣使来告,上喜宴其使。既罢,召虚白入语其事。虚白曰:"天祚在海上,筑宫室以待陛下久矣。"左右皆惊,上亦不怒,徐曰:"张胡,汝又醉也。"至靖康中,都城失守,上出青城见虚白,抚其背曰:"汝平日所言,皆应于今日,吾恨不听汝言也。"虚白流涕曰:"事已至此,无可奈何,愿陛下爱护圣躬,既往不足咎也。"

蒋颖叔守汝日,用香山僧怀昼之请,取唐律师弟子义常所书天神言大悲之事,润色为传,载过去国庄王,不知是何国。王有三女,最幼者名妙善,施手眼救父疾,其论甚伟。然与《楞严》及《大悲观音》等经颇相函矢。《华严》云:善度城居士鞞瑟视罗颂大悲为勇猛丈夫,而天神言妙善化身千手眼,以示父母,旋即如故。而今香山乃是大悲成道之地,则是生王宫以女子身显化。考古德翻经所传者,绝不相合。浮屠氏喜夸大自神,盖不足怪;而颖叔为粉饰之欲以传信后世,岂未之思耶?

宋子京修《唐书》,尝一日逢大雪,添帟幕,燃椽烛一,秉烛二,左右炽炭两巨炉，诸姬环侍，方磨墨濡毫，以澄心堂纸草某人传，未成。顾诸姬曰："汝辈俱曾在人家，曾见主人如此否？可谓清矣。"皆曰："实无有也。"其间一人来自宗子家，子京曰："汝太尉遇此天气，亦复何如？"对曰："只是拥炉，命歌舞，间以杂剧，引满大醉而已，如何比得内翰？"子京点头曰："也自不恶。"乃阁笔掩卷，起索酒饮之，几达晨。明日，对宾客自言其事。后每燕集，屡举以为笑。

王平甫该洽善议论，与其兄介甫论新政，多援据，介甫不能听。侄雱病亟，介甫命道士作醮，大陈楮泉，平甫启曰："兄在相位，要须令天下后世人取法。雱虽疾，丘之祷久矣，为此奚益？且兄尝以仓法绳吏奸，今乃以楮泉徼福，安知三清门下独不行仓法耶？"介甫大怒。

王观恃才放诞，陆子履慎默于事，无所可否。观尝以方直少之，然二人极相善也。观寝疾，子履往候之，观恶寒，以方帽包裹，坐复帐中，子履笑曰："体中少不佳，何至是！所谓'王三惜命'也。"观应声复曰："'王三惜命'，何如六四括囊？"当时闻者，莫不大笑。

沈括字存中，为内翰，刘贡父与从官数人同访之，下马，典谒者报云："内翰方就浴，可少待。"贡父语同行曰："存中死矣，待之何益？"众惊而问其故，贡父曰："孟子不云乎？死矣夫盆成括。"众始悟其为戏，乃大笑而去。

杨畏字子安，元丰、元祐、绍圣更张，独能以巧免，世号"杨三变"。薛昂肇明在政府，和《驾幸蔡京第》诗，有"拜赐应须更万回"，太学呼为薛万回。昂守洛师日，杨闲居洛下，一日，府宴别无客，惟子安一人而已。或问一幕官曰："今日府会他客不与耶？"幕官曰："客甚易得，但恐难得如此好属对耳。"

东坡尝与刘贡父言："某与舍弟习制科时，日享三白，食之甚美，不复信世间有八珍也。"贡父问"三白"，答："日一撮盐，一碟生萝卜，一碗饭，乃三白也。"贡父大笑，久之以简招坡过其家吃皛饭，坡不省忆尝对贡父三白之说也，谓人云："贡父读书多，必有出处。"比至赴食，见案上所设惟盐、萝卜、饭而已，乃始悟贡父以三白相戏，笑投匕箸，食之几尽。将上马，云："明日可见过，当具毳饭奉待。"贡父虽恐其为戏，但不知毳饭所设何物，如期而往。谈论过食时，贡父饥甚索食,坡云:"少待。"如此者再三,坡答如初。贡父曰:"饥不可忍矣。"坡徐曰:"盐也毛,萝卜也毛,饭也毛,非毳而何?"贡父捧腹曰:"固知君必报东门之役,然虑不及此也。"坡乃命进食,抵暮而去。世俗呼无为模,又语讹模为毛,尝同音,故坡以此报之。宜乎,贡父思虑不到也。

蔡新州起相狱,为吴冲卿在揆路,见安石更张不合人情,凡安石所摈弃老成,欲渐召用,新州知不为己利,故因相州吏词连宰相。凡冲卿亲戚官属,皆鞫考钩致其语,裕陵独明其无他,而中丞邓润甫、御史上官均共论台狱不直,皆罢去。新州代润甫为中丞,冲卿久之求退,新州终以击搏辅政,自此观望成风,为裕陵之累,有不可胜言者矣。

政和间,常子然、谢任伯、江子我同访晁伯宇及其弟叔用于昭德之第,因观梁萧子显《古今同姓名录》,见有王敦四,王莽二,董卓三,子我曰:"本朝有两□□,一在太宗时,见于《登科记》,官不甚显。"叔用曰:"以此诸人聚于一时,则奈何?"伯宇曰:"无害,吾此有九张良,足以制之。"座上无不大笑。子房至有九人同其姓名,而世莫知,可见今人读书比古人少也。

韩持正侍郎字存中,虽为张宾老所知,在从班十八年,无所附丽,故蔡京不喜。大观以后,多偃藩于外,能知本朝典故,谈祖宗时事,历历如在目前。宣和间守郑,京西路旱蝗,蝗独不入郑境,客或誉之,存中云:"亦偶然耳。"善论时事,后必如何,至今无一言不中。自郑归老,至于曹,建炎初卒于家,平生好事极多。予愿志其墓,不知其子今在何许也。

蔡京所建明事,凡心所欲必为,而畏人不从者,多托元丰末命,或言裕陵有意而未行,以此胁持,上下人无敢议者。张天觉为相,欲稍蠲罢以便人,乃置政典局,以范镗等为参详官,讨论其事。闻陈莹中著《尊尧集》,专为先政也。天觉奏乞取其书,复召惠卿,惠卿既至而卒,郑居中辈恐天觉得志,不为己利也。知刘嗣明与辟雍司业魏宪相友善也,令嗣明与之俱来相见,许以立螭。宪,镗子婿也。宪归见镗,论天觉孤危文人,盍谋所以自安者。镗入其言,宪草札子,其大略言,成汤得伊尹,桓公得管仲,自古未见有君而无臣,独能成一代勋业者。

今陈瓘作《尊尧集》，皆力诋王安石，果如瓘所论，岂不上累先朝知人之明乎？铠请对如宪言。有旨令催促瓘疾速缮写，赴局投纳，俟其书至，立焚之。天觉由是求去甚力，天觉既去，而蔡京父子皆召矣。

卷第七

　　张次贤，名能臣，官至奉议郎，文懿公诸孙，朝奉大夫德邻之子也。好学，喜缀文，有《郧乡》、《涪江》二集，尝记天下酒名，今著于此。后妃家：高太皇香泉，向太后天醇，张温成皇后醲醹，朱太妃琼酥，刘明达皇后瑶池，郑皇后坤仪，曹太皇瀛玉。宰相：蔡太师庆会，王太傅膏露，何太宰亲贤。亲王家：郓王琼腴，肃王兰芷，五王位椿龄，嘉王琬醅，濮安懿王重酝，建安郡王玉沥。戚里：李和文驸马献卿金波，王晋卿碧香，张驸马敦礼醲醹，曹驸马诗字公雅成春，郭驸马献卿香琼，大王驸马瑶琼，钱驸马清醇。内臣家：童贯宣抚褒功又光忠。梁开府嘉义，杨开府美诚。府寺：开封府瑶泉。市店：丰乐楼眉寿又和旨，即白矾楼也。忻乐楼仙醪，即任店也。和乐楼琼浆，即庄楼也。遇仙楼玉液，王楼玉酝，铁薛楼瑶醲，仁和楼琼浆，高阳店流霞，清风楼玉髓，会仙楼玉醑，八仙楼仙醪，时楼碧光，班楼琼波，潘楼琼液，千春楼仙醇，今废为铺。中山园子正店千日春，今废为邸。银正店延寿，蛮王园子正店玉浆，朱宅园子正店瑶光，邵宅园子正店法清，大桶张宅园子正店仙醁，方宅园子正店琼酥，姜宅园子正店羊羔，梁宅园子正店美禄，郭小齐园子正店琼波，杨皇后园子正店法清。三京：北京香桂又法酒，南京桂香又北库，西京玉液又酴醾香。四辅：澶州中和堂，许州溧泉，郑州金泉，河北真定府银光，河间府金波又玉酝，保定军知训堂又杏仁，定州中山堂又九酝，保州巡边银条又错著水，德州碧琳，滨州石门又宜城，博州宜城又莲花，卫州柏泉，棣州延相堂，恩州拣米又细酒，洺州玉瑞堂夷白堂又玉友，邢州沙醅金波，磁州风曲法酒，深州玉醅，赵州瑶波，相州银光，怀州宜城又香桂又定州。瓜曲，又错著水，河东太原府玉液又静制堂，汾州甘露堂，隰州琼浆，代州金波又琼酥，陕西凤翔府橐泉，河中府天禄又舜泉，陕府蒙泉，华州莲花，又冰堂上尊也。邠州静照堂又玉泉，庆州江汉堂又瑶泉，同州清洛又清心堂，淮南扬州百桃，庐州金城又金斗城又杏仁，江南东西，宣州琳腴又双溪，江宁府芙蓉又百桃又清心堂,虔州谷帘,洪州双泉又金波,杭州竹叶清又碧香又白酒,苏州木兰堂又白云泉,明州金波,越州蓬莱,润州蒜山堂,湖州碧澜堂又霅溪,秀州月波。三川:成都府忠臣堂又玉髓又锦江春又浣花堂,梓州琼波又竹叶清,剑州东溪,汉州帘泉,合州金波又长春,渠州蒲卜,果州香桂又银液,阆州仙醇,峡州重酾至喜泉,夔州法醹又法酝。荆湖南北:荆南金莲堂,鼎州白玉泉,辰州法酒,归州瑶光又香桂,福建泉州竹叶。广南:广州十八仙,韶州换骨玉泉。京东:青州拣米,齐州舜泉又清燕堂又真珠泉,第一也。兖州莲花清,曹州银光又三酘又白羊又荷花,郓州风曲白佛泉又香桂,潍州重酘,登州朝霞,莱州玉液,徐州寿泉,济州宜城,濮州宜城又细波,单州宜城又杏仁。京西:汝州拣米,滑州风曲又冰堂,金州清虚堂,郢州汉泉又香桂,随州白云楼,唐州淮源又泌泉,蔡州银光香桂,房州琼酥,襄州金沙又宜城又檀溪又竹叶清,邓州香泉又寒泉又香菊又甘露,颍州银条又风曲,均州仙醇,河外府州岁寒堂。

欧公与王禹玉、范忠文同在禁林。故事,进春帖子自皇后贵妃以下,诸阁皆有。是时温成薨未久,词臣阙而不进,仁宗语近侍,词臣观望,温成独无有,色甚不怿,诸公闻之惶骇。禹玉、忠文仓卒作不成,公徐云:"某有一首,但写进本时偶忘之耳。"乃取小红笺,自录其诗云:"忽闻海上有仙山,烟锁楼台日月间。花下玉容长不老,只应春色胜人间。"既进,上大喜。禹玉拊公背曰:"君文章真是含香丸子也。"

上元张灯,按唐名儒沿袭汉武帝祠太乙,自昏至明。故事,梁简文帝有《列灯赋》,陈后主有《光璧殿遥咏灯山》诗。唐明皇先天中,东都设灯;文宗开成中设灯,迎三宫太后。是则唐以前岁不常设。本朝太宗三元不禁夜,上元御端门,中元、下元御东华门,其后罢中元、下元二节,而上元观游之盛,冠于前代矣。又见《春明退朝录》大同小异。

唐成都府有散花楼,河中府有薰风楼绿莎厅,扬州有赏心亭,郑州有夕阳楼,润州有千岩楼,皆见于传记,今无复存者。盖或易其名,或废而不修也。又见《退朝录》。

元丰元年,盗发阳翟,而元献晏公墓最被其酷。始盗之穴冢也,烟雾不可近,及有黄气氤氲而出,乃下石秉松炬而入。见一冠带者踞坐呵叱，盗以锄锹击之，应手而灭，乃剖棺，其衣片片如胡蝶飞扬，取金带，携珍玩，焚之而去。盗又云，于张耆侍中家疑冢得金银珠玉不可胜计。李方叔尝言，阳翟一老媪善联串骸骨，耆子孙使之改葬，而莫有临视者。尝以一骨一须示人：此夫子牙、侍郎须也。予尝从晁之道过阳翟，拜于元献墓下，以耆事质于寺僧及其里人，所言皆同也。

太宗求治甚切，喜臣下言得失。尝谓执政曰："大禹拜昌言，至今称之。若有臣能如昔贤用心，苟中时病，朕岂惜大禹之拜哉！"

淳化中有一县尉上言，乞减宫人，太宗谕宰执曰："小官敢论宫禁之事，亦可嘉也。但内庭给事二百人，各有执事，而洒扫亦在其中。若行减省，事或不济，盖疏远之人所未谙耳。"宰执欲以妄言置法，太宗曰："以言事罪人，后世其谓我何？"宰相皆惭服。或言是雍丘尉武隆。

田锡以敢言为定陵所知，定陵尝对李沆称赏曰："朝廷政事少有阙失，方在议论，而锡章疏已至矣。朕每因其造膝，必有以激奖之。锡虑奏疏不得速达，朕令每季具所言事若干及月日以闻。"又言："如此谏官，能不顾其身为国家，真难得也。"

定陵东封回日，献歌颂者不可胜数，而布衣孙籍上书，独言"升中告成帝王盛美，臣愿陛下以持盈守成为念，不可便自骄满"。定陵大嘉纳之，召试中书，赐同进士出身。定陵将西祀，孙宣公累上疏切谏，以为必欲西幸，有十不可。至曰"陛下不过欲慕秦皇、汉武刻石垂名，以夸耀后代耳"。其言痛切者，有曰"秦多徭役，而刘、项起于徒中；唐不恤民，而黄巢起于饥岁。陛下好行幸，频赋敛，岂知今无刘、项、黄巢乎？"帝览之，亦不怒，乃作《辨疑论》以解谕之，且遣中使慰勉，其纳谏如此。

昭宣景福殿使，太祖时置也。始中贵王继恩平蜀有功，执政欲以枢密赏之，太祖曰："此辈岂可令居权要？"因命置焉。二使名自此始也。

五代时官吏所在贪污不法，王明为郢陵县令，独以廉律身，百姓沿故例行赇赂，明皆不受，曰："但为我置薪刍积于某处，他不须也。"久之，积如丘山，民间莫晓。明因筑堤以备水患，太祖闻之，擢明权知广州。

太宗知王禹偁文学正直,自大理评事擢为右正言,直史馆满岁,命为正字。

寇莱公有将相才,太宗倚任甚重,尝曰:"朕之得准,不减唐文皇之魏徵也。"

真定康敦复尝语予曰:河东见所在酒垆,皆饰以红墙,询之父老,云相沿袭如此,不知其所始也。后读李留台集,有《怀湘南旧游寄起居刘学士》诗云:"老情诗思关何处,浑是湘南水岸头。残白晚云归岳麓,浓香秋菊满汀洲。静寻绿径煎茶寺,遍上红墙卖酒楼。西洛分台索拘检,绣衣不得等闲游。"据此诗,则湖南亦有之,不独河东也。但留台不著所出为可恨也。予曰:"典籍自五季以后经今,又不知几厄。秉笔之士所用故实,有淹贯所不究者,有蹈前人旧辙而不讨论所从来者,譬侏儒观戏,人笑亦笑,谓众人决不误我者,比比皆是也。"敦复抵掌曰:"请为我于《曲洧旧闻》并录之。"敦复字德本,事亲孝,为吏廉,种学绩文孜孜不辍,见书必传。其家所藏,往往皆是手自抄者,近时服膺儒业,罕有其比焉。

王安中履道,中山无极人也。元符间,晁以道为无极令,时安中已登进士第,修邑子礼,用长笺见以道。自言:"平生颇有意学古,以新学窃一第,固为亲荣,而非其志也。愿先生明以教我。"以道曰:"子之志美矣,然为学之道,当慎其初,能慎其初,何患不远到?"安中乃筑室屏绝人事,榜之曰"初寮",又自号"初寮居士"。其议论渊源与所闻见,多得于以道,而作诗句法颇似山谷。以道弟之道,后在北门与之同官,尤喜称誉之。然负才自标置,为梁才甫所阻,不得志,乃游京师,密结梁师成,遂年余两迁为正字,自是与晁氏兄弟绝矣。既长风宪位丞辖,讳从晁学,王将明迫于公议,仅能用知成州。安中言出自己,始作简招以道相见,只呼"成州使君四丈",无复曩时先生之号矣。平日交游,以此莫有称初寮者,但目为有初居士而已。

吕惠卿之谪也,词头始下,刘贡父当草制,东坡呼曰:"贡父平生作刽子,今日才斩人也。"贡父急引疾而出,东坡一挥而就,不日传都下,纸为之贵。暨绍圣初,牵复知江宁府,惠卿所作到任谢表,句句论辨,惟至发其私书,则云自省于己,莫知其端。当时读者,莫不失笑。

又自叙云："顾惟妄论，何裨当日之朝廷；徒使烦言，有黩在天之君父。"或曰观此一联，其用心憸险如此。使其得志，必杀二苏无疑矣。盖当时台谏论列，多子由章疏，而谪辞，东坡当笔故也。

孔平仲建中靖国间为陕西提刑，时晁无咎作郡，下车见无咎，举到任谢表，破题四句云："吕刑三千，人命所系，秦关百二，地望匪轻。"无咎嗟赏曰："前乎公既无此语，后乎公知莫能继矣，岂不谓光前绝后乎？"

崇宁初，范致虚上言："十二宫神，狗居戌位，为陛下本命。今京师有以屠狗为业者，宜行禁止。"因降指挥，禁天下杀狗，赏钱至二万。太学生初闻之，有宣言于众曰："朝廷事事绍述熙、丰，神宗生戊子年，当年未闻禁畜猫也。"其间有善议论者密相语曰："狗在五行，其取类自有所在。今以忌器讳言，使之贵重若此，审如《洪范传》所云，则其忧有不胜言者矣。"

政和初，凡人名或字中有天字、君字、主字、圣字、王字，皆令避而不用，盖从赵野王所请也。当时如寺观僧道所称主字，亦行改正。或曰此何祥也？已而果然。

俚语有"张王李赵"之语，犹言是何等人，无足挂齿牙之意也。宣和间，王将明、张子能、王履道、李士美、赵圣从俱在政府，是时"张王李赵"之语喧于朝野，闻者莫不笑之。

政和辛卯正月，上以郭家大长公主薨，不御楼观灯。何执中、刘正夫言："长公主于属虽尊，于服已疏，圣主与民同乐，不宜以此事而辍。"乃令所在出榜晓谕民间，再放灯五夜。予时在都城，亲见其事。

崇宁初，蔡京起祠馆，留钥北都有旨许过阙日朝见，邓洵武知其必大用，迎见于东水门船中，留语终日。有见其论事札子者，其大略引三桓七穆当国，乱至于亡，先帝良法美意，所以再至纷更者，以故家大族未尽灭也。京大以为然。后京拜相，洵武因对复伸前论，上颇疑之，京知不可行而止，党论自此兴矣。

蔡京持禄固位，能忍辱，古今大臣中少有比者。自丙戌罢相，则密求游从，不肯去都城。未逾年，果再入。至庚寅，又因星变去位，台谏论不已，仅能使在外任便居住，京又欲留连南京。闻张天觉除中书侍郎，乃皇遽东下于姑苏，因朱冲内连贵珰，人人与为地，抚问络绎至。壬辰春召还，第声艳光宠迈于平昔远矣。宣和间王黼当轴，京势少衰。黼之徒恐不为己利，百方欲去之，然京终不肯去。于是始遣童贯并令蔡攸同往取表，京以攸被旨俱来，乃置酒留贯饮，攸亦预焉。京以事出不意，莫知所为，酒方行，自陈曰："某衰老宜去，而不忍遽乞身，以上恩未报，此心二公所知也。"时左右闻京并呼攸为公，无不窃笑者。其后大臣有当去而不去者，往往遣使取表，自京始。

卷第八

　　刘逵公达奉使三韩,道过馀杭,时蒋颖叔为太守,以其新进,颇厚其礼,供张百色,比故例特异,又取金色鳅一条与龟献于逵,以致今秋归之意。或曰,颖叔老老大大不能以前辈自居,尚何求哉!

　　范百嘉字子丰,忠文蜀公之子也。识量颇类忠文,尝宴客,客散熟寝,偷儿入其室,酒器满前。子丰觉之,起坐呼偷儿曰:"汝迫于贫,至此勿怖也。"以白金盂子二与之。偷儿拜而去。其后事败,有司尽得其情,子丰犹不肯言,闻者美之。

　　晁之道尝言,蔡侍郎准少年时,出入常有二人,见于马前,或肩舆之前若先驱,或前或却,问之从者,皆无所睹。准甚惧,谓有冤魂,百方禳祓,皆不能遣。既久,亦不以为事。庆历四年生京,而一人不见;又二年生卞,乃遂俱灭。元符末,都城童谣有"家中两个萝卜精"之语,语多不能悉记。而其末章云:"撞著潭州海藏神。"至崇宁中,卖馎馅者又有"一包菜"之语,其事皆验。而京于靖康初贬死于长沙,岂"潭州海藏"亦应于此耶?然之道语予此事时,京身为三公,子卞三少领枢密院,又为保和殿大学士者。而其孙判殿中监,班视二府,每出传呼甚宠,飞盖相随者五人。若子若婿并诸孙,腰黄金者十有七人。当此际,气焰薰灼,可炙手也。厥后流离岭海,妻孥星散,不能相保,而门生故吏皆讳言出其门。然则准所见,果为蔡氏福耶? 否耶? 追思之道所论,深有意味。惜乎早世,不及亲见也。

　　中秋玩月,不知起何时。考古人赋诗,则始于杜子美。而戎昱登楼望月,冷朝阳与空上人宿华严寺对月,陈羽鉴湖望月,张南史和崔中丞望月,武元衡锦楼望月,皆在中秋,则自杜子美以后,班班形于篇什,前乎杜子,想已然也,第以赋咏不著见于世耳。江左如梁元帝江上望月,朱超舟中望月,庾肩吾望月,而其子信亦有舟中望月,唐太宗辽城望月,虽各有诗,而皆非中秋宴赏而作。然则玩月盛于中秋,其在开元以后乎? 今则不问华夷,所在皆然矣。

歙溪据二浙上流，古为新安郡，清浅可爱。沈休文诗所谓"洞彻随清浅，皎镜无冬春。千仞写乔树，百丈见游鳞"，即此也。溪西太平寺，旧号兴唐，李太白尝游而留题焉。其诗曰："天台国清寺，天下为四绝。今到兴唐游，奇踪更无别。栝木划断云，高僧顶残雪。槛外一条溪，几回碎明月。"溪即取太白诗名之也。郡人以为登览胜处，石刻尚存，而太白集中不见此诗，故予特著之。

陈莹中大观末，以其子讼蔡嵩语言事，就逮开封狱。时黄经臣监勘，有旨令莹中疏蔡京过失，莹中固辞曰："瓘在谏垣尝论京，今为狱囚而论三公，不可也。"上自此每欲用之，而朝廷上下皆恐其复用。又曾于宫禁对左右说及瓘宜召之意，时蔡攸亦在侧，对曰："瓘得罪宗庙，陛下虽欲用之，如其在天之灵何？"上蹙頞者久之。

建中靖国间，既相曾布，而召蔡京，韩师朴求去甚力，上知不可留，以大观文出守北门。未几，党论大兴，凡在籍者，例行贬窜，独师朴得近地，京讽台谏言之，上终不从。其后遇星变，大赦，党人皆内徙，师朴谢表云："转徙风波，独安于近地；归还里闬，最早于他人。"上读至此，曰："我固怜忠彦，今观其表，忠彦亦自知我也。"

厚陵待近侍甚严，其徒逡巡煽炽，慈圣殊不怿，富韩公上书切谏，其略曰：千官百辟在廷，岂能事不孝之主？伊尹之事，臣能行之。厚陵时虽病，犹能嘉纳，其后圣躬康复，车驾一出，都人欢忭鼓舞，所在相庆。慈圣语其事于宰执，宰执称贺。魏公进曰："臣观太皇太后陛下所以谕臣等，必是圣心深厌万几，欲行复子明辟之事，此盛德也。前代母后岂能有哉？臣敢不仰承慈训，以诏天下？臣等谨自此辞。"乃列拜呼，中贵卷帘而退。既下殿，富韩公徐曰："稚圭兹事甚好，何不大家先商量？"魏公微笑而已。

王黼作宰日，蔡京入对便殿，上从容及裁减用度事，京言："天下奉一人，恐不宜如此。"梁师成密以告黼，翼日遂置应奉司，令黼专提举，其扰又甚于花石。

中山刘元崈长卿，尝为予言：宣和末，亲于畿北马铺中，见无名子题诗云："花已栽成愁叹本，石仍砌出乱亡基。如今应奉归真宰，论道经邦付与谁？"

薛嗣昌善交中贵人，每有馈献，常备四副，如锦椅背坐子之类，必以四十副为率。尝对晁之道言："此辈还朝至御前及中宫，须有以藉手，则已用二十副矣。本阁分十副，余十副令渠自用于家。"之道云："人无廉耻，乃至于此！不自知可耻，又复夸于我前耳！"

崇宁初，苞苴犹未盛，至政和间，则稍炽矣。邓子常在北门，所进山蔌，数倍于前，缄封华丽，观者骇目。江子我有玉延行，为此作也。薛嗣昌以雍酥媚权幸，率用琴光桶子并盖，多者至百桶，人人皆足其欲，此犹未伤物命也。赵霆在馀杭，每鹅掌鲊入国门，不下千余罐子。而王黼库中黄雀鲊，自地积至栋，凡满三楹。蔡京对客令点检蜂儿，见在数目，得三十七秤，其他可以想见。乃知胡椒八百石，以因果论之，尚可恕也。

无尽居士少有俊誉，气陵辈行，然颇以躁进获讥。元丰中，尝上裕陵百韵诗，有"回看同列骤，不觉寸怀忙"之句。裕陵读之大笑。王岐公、蔡新州恶其敢言，因舒亶斥为赤岸监酒税。其后召还，有谢启，其间一联云："三年去国，门前之雀可罗；一日还朝，屋上之乌亦好。"当时传诵，而亦不免为有识者所窥也。

元祐间，东坡在禁林，无尽以书自言曰："觉老近来见解与往时不同，若得一把茅盖头，必能为公呵佛骂祖。"盖欲坡荐为台谏也。温公颇有意用之，尝以问坡，坡云："犊子虽俊可喜，终败人事，不如求负重有力而驯良服辕者，使安行于八达之衢为不误人也。"温公遂止。绍圣间，章子厚用为中书舍人，谢启力诋元祐以来代言者，其略有"二苏狂率、三孔阔疏"之语。韩仪公入相，无尽自知不相合，因论河患以持橐出相度河事。崇宁初，附蔡京，召为翰林，旋踵丞辖。见物论多不与，与京时有异同，台谏视京风旨，乃交击之。后因星变大赦牵复知鄂州，遂于到任谢表，尽叙京所更张政事，以称颂圣德。其大略云：所谓率科严重，钩考碎烦，方田扰安业之民，圜土聚徙乡之恶，学校驱迫者，违其孝养之心，保伍追呼者，失其耕桑之候。文移急于星火，逮捕遍于里闾，百论纷更，一切蠲罢。可谓崇宁之孝治，真为绍述之圣功。又言有君如此，碎首以之。表至都下，人争传写，虽为京所切齿，而自此有相望矣。

新安郡黄山有三十六峰，与池阳接境，在郡西，岩岫秀丽可爱，仙翁释子多隐其中，《图经》不著其名。山有温泉，其色红，其源可瀹卵，刘宜翁尝游焉。题诗寺壁，其略曰："山有灵砂泉色红，涤除身垢信成功。不除心上无明业，只与山间众水同。"宜翁名谊，元丰间自广东移江西，皆为提举常平官。上疏论新法勒停，或云宜翁晚得道不出，东坡绍圣所与书，可见矣。论新法疏大略有云：自唐租庸调法坏，五代至皇朝，税赋凡五增其数矣。今又大更张，不原其本，敛愈重，民愈困，为害凡十。又言：变祖宗者，陛下也；承意以立法者，安石也；讨论润色之者，惠卿、曾布、章惇之徒也。其语激切深至。内批云：谊张皇上书，公肆诞谩，上惑朝廷，外摇众听，可特勒停。

汉文帝时，户口繁多，而隋开皇过之，元祐间又过于开皇。予亲见前辈言此事，古所不逮也。本朝地土狭于汉、隋，而户口如此，岂不为太平之极也！

韩魏公沉厚有识量，进止详雅，能断大事，两朝定策，皆为元勋。东坡祭文云："二帝山陵天下震恐，呼吸之间，有雷、有风、有兵、有戎。公于是时，伊尹、周公。"盖言其事也。

欧公作《昼锦堂记》成，以示晁美叔秘监云：垂绅正笏，不动声色，措天下于泰山之安，如此，予所亲见。故实记其事，无一字溢美于斯时也。他人皆惴栗流汗，不能措一词，公独闲暇如安平无事，真不可及也。

世传《珞琭三命赋》，不知何人所作。序而释之者，以为周灵王太子晋，世以为然。考其赋所引秦河上公如悬壶化杖之事，则皆后汉末壶公、费长房之徒，则非周灵王太子晋明矣。赋为六义之一，盖《诗》之附庸也。屈、宋导其源，而司马相如斥而大之，今其赋气质卑弱，辞语儇浅，去古人远甚，殆近世村夫子所为也。俚俗乃以为子晋，论其世，玩其文理，不相侔，而士大夫亦有信而不疑者。吁！可骇也。予每嫉其事，故因著之。

予书定光佛事，友人姓某者见而惊喜曰："异哉！予之外兄赵，盖宗室也。丙午年春同居许下，手持数珠，日诵定光佛千声。"予曰："世人诵名号多矣，未有诵此佛者。岂有说乎？"外兄曰："吾尝梦梵僧告予曰：'世且乱，定光佛再出世，子有难，能日诵千声，可以免矣。'吾是以受持。"予时独窃笑之。予俘囚十年，外兄不知所在，今观公书此事，则再出世之语昭然矣。此予所以惊，而又悟外兄之梦为可信也。公其并书之，予曰："定光佛初出世，今再出世，流虹之瑞，皆在丁亥年。此又一异也，君其识之。"

熙宁初议新法，中外惶骇，韩魏公有文字到朝廷，裕陵之意稍疑，介甫怒，在告不出。曾鲁公以魏公文字问执政诸公曰："此事如何？"清献赵公曰："莫须待介甫参告否。"鲁公默然，是夜密遣其子孝宽报介甫："且速出参政，若不出，则事未可知。是参政虽在朝，终做一事不得也。"介甫明日入对，辩论不已。魏公之奏不行。其后鲁公致政，孝宽遂骤用。前辈知熙、丰事本末者，尝为予言。当此时，人心倚魏公为重，而介甫亦以此去就。微鲁公之助，则必去无疑。既久，则羽翼已成，裕陵虽亦悔而新法恪不能改，以用新法进而为之游说者众也。东坡曾与子由论清献，子由曰："清献异同之迹，必不肯与介甫为地，孝宽之进，他人之子弟不与，可以明其不助。"东坡曰："当时阿谁教汝鬼擘口？"子由无语。蔡新州将贬，晁美叔谓人曰："计较平生事，杀却理亦宜，但不以言语罪人，况尝为大臣乎？今日长此风者，他日虽欲悔之无及也。"

元祐四年三月己卯，铜浑仪新成，盖苏子容所造也，古谓之浑天仪，历代相传，以为羲和之旧器。汉洛下闳，东京张平子、蔡邕、吴王蕃、刘耀，光初中孔定，后魏太史令晁崇，皆玑衡遗法，而所得有精粗，孔定、王蕃最号精密。所造既沦没于西戎，而蕃不著其器，独子容因其家所藏小样，而悟于心常恨未究算法，欲造其器而不果。晚年为大宗伯，于令史中得一人，忘其姓名。深通算法，乃授其数，令布算参考古人，尤得其妙，凡数年而器成焉。大如人体，人居其中，有如篝象，因星凿窍，依窍加星，以备激轮旋转之势。中星昏晓应时，皆见于窍中。星官历翁聚观骇叹：盖古未尝有也。子容又图其形制，著为成书，上之，诏藏于秘阁。至绍圣初，蔡卞以其出于元祐，议欲毁之。时晁美叔为秘书少监，惜其精密，力争之，不听，乃求林子中为助。子中为言于章惇，得不废。及蔡京兄弟用事，无一人敢与此器为地矣。吁，可惜哉！

政和以后,花石纲寖盛,晁伯宇有诗云:"森森月里栽丹桂,历历天边种白榆。虽未乘槎上霄汉,会须沉网取珊瑚。"人多传诵。伯宇名载之,少作《闵吾庐赋》,鲁直以示东坡曰:"此晁家十郎作,年未二十也。"东坡答云:"此赋信奇丽,信是家多异材耶?凡文至足之余,自溢为奇怪。今晁伤奇太早,可作鲁直意,微谕之,而勿伤其迈往之气。"伯宇自是文章大进。东坡之语委曲如此,可谓善成就人物者也。

东坡诗文落笔,辄为人所传诵,每一篇到,欧阳公为终日喜,前辈类如此。一日,与棐论文及坡公,叹曰:"汝记吾言,三十年后,世上人更不道着我也。"崇宁、大观间,海外诗盛行,后生不复有言欧公者。是时朝廷虽尝禁止,赏钱增至八十万,禁愈严而传愈多,往往以多相夸。士大夫不能诵坡诗,便自觉气索,而人或谓之不韵。

王元之在黄日,作竹楼与无愠斋,记其略云:后人公退之余,召高僧道士烹茶炼药,则可矣。若易吾斋为厩库厨传,则非吾徒也。信可始至,访其斋,则已为马厩矣。求其记,则庖人亦取其石压羊肉。信可叹曰:"元之岂前知耶? 抑其言遂为谶耶?"于是楼斋皆如旧,而命以其记龛之于壁。

卷第九

崇宁初，凡元祐子弟仕宦者，并不得至都城。晁之道自洛中罢官回，遣妻儿归省故庐，独留中牟驿累日，以诗寄京师姻旧，其结句云："一时鸡犬皆霄汉，独有刘安不得仙。"语传于时，议者美之。

韩师朴元祐末自大名入相，其所引正人端士，遍满台馆，然不能去一曾布，而张天觉于政和初，欲以一身回蔡京党，绍述之论难矣。未几果罢，自西都留守徙南阳道，过汝州香山，谒大悲，留题于寺中。其略云：大士慈悲度有情，亦要时节因缘并。也应笑我空经营，虽多手眼难支撑。读者莫不怜之。

或曰："东坡诗始学刘梦得，不识此论诚然乎哉？"予应之曰："予建中靖国间在参寥座，见宗子士暕以此问参寥，参寥曰：'此陈无己之论也。东坡天才，无施不可以，少也实嗜梦得诗，故造词遣言，峻峙渊深，时有梦得波峭。然无己此论，施于黄州以前可也，坡自元丰末还朝后，出入李、杜，则梦得已有奔逸绝尘之叹矣。无己近来得渡岭越海篇章，行吟坐咏，不绝舌吻，常云此老深入少陵堂奥，他人何可及？其心悦诚服如此，则岂复守昔日之论乎？'予闻参寥此说三十余年矣，不因吾子，无由发也。"

熙宁元年冬，介甫初侍经筵，未尝讲说，上欲令介甫讲《礼记》至曾子易箦事，介甫于仓卒间进说曰："圣人以义制礼，其详至于床第之际；君子以仁循理，其勤见于将死之际。"上称善。安石遂言《礼记》多驳杂，不如讲《尚书》。帝王之制，人主所宜急闻也。于是罢《礼记》。

神臂弓，盖熙宁初百姓李宏造，中贵张若水以献。其实弩也，以槃为身，檀为弰，铁为枪镗，铜为机，麻索系札丝为弦。上命于玉津园试之，射二百四十步有畸，入榆半筈。有司锯榆张呈，上曰："此利器也。"诏依样制造，至今用之。

真宗至道三年，诏天下罢珍禽奇兽及瑞物之献。仁宗时，亦诏不得进诸瑞物。

王琪字君玉，自幼已能为歌诗。为集贤校理日，仁宗宴太清楼，命馆阁赋明皇山水石，上称琪为善，诏中书第其优劣，琪独赐褒诏。琪，成都人，年七十二以礼部侍郎致仕，终于广陵。

熙宁五年九月丁未，御史张商英言："近日典掌诰命多不得其人，如陈绎、王益柔、许将，皆今所谓词臣也，然绎之文如款段逐骥，筋力虽劳，而不成步骤；益柔之文如野妪织机，虽能成幅，而终非锦绣；将之文如稚子吹埙，终日喑呜而不合律吕。此三人恐不足以发挥帝猷，号令四海，乞精择名臣，俾司诏命。"

熙宁六年，上以犯刑者众，欲别立法。韩子华乞复肉刑，吕宝臣公弼以为不可，具论其曲折，乃止。

孙瑜字叔礼，宣公奭之子也。尝知蔡州，蔡有吴元济祠，瑜曰："元济叛臣，何得庙食？"撤其像，以裴度易之，人莫不喜。以尚书工部侍郎致仕，年七十九终于家。

熙宁末，浙西荒歉，杭州境内产物如珠，可炊可饭，水产蔬如菌，可以为菹，民赖以充饥，盖前此不闻也。

雒中旧有万花之会，岁率为之，民以为扰。李师中到官罢之，众颇称焉。然善结中官，为富韩公所恶。新法初行，师中希司农意指，多取宽剩，令韩公与富民均出钱，亦为士论所鄙。师中字君锡，开封人也。

天禧诏收瘗遗骸，并给左藏库钱，厥后无人举行。元丰二年三月，因陈向为提举常平官，诏命主其事，向又乞命僧守护葬，及三千人以上，度僧一人，三年与紫衣，有紫衣与师号。

元丰三年六月癸卯，录定州北平县主簿李竦子为郊社斋郎，尉王奎子为三班差使。竦因开濠，溺死故也。

元丰四年六月辛酉，诏自今紫衣师号，止令尚书祠部给牒。牒用绫纸，被受师名者，纳绫纸六百，至是罢。

艺祖平定天下，悉招聚四方无赖不逞之人，刺以为兵，连营以居之，什伍相制，束以军法，厚禄其长，使自爱重，付以生杀，寓威于阶级之间，使不得动。无赖不逞之人既聚而为兵，有以制之，无敢为非，因取其力，以卫养良民，使各安田里，所以太平之业定，而无叛民也。

艺祖养兵止二十万，京师十万余，诸道十万余，使京师之兵，足以制诸道，则无外乱；合诸道之兵，足以当京师，则无内变。内外相制，无偏重之患，天下承平百余年，盖本于此。

刘航元丰初上疏论漕汴利害，又言时政五事，并乞蠲除不以赦降去官原减之制，诚可以通天下改过自新之路，语尤切直，不报。航字仲通，大名人，举进士，颇为蔡君谟、韩魏公所知，终于太仆卿。

中大夫直徽猷阁安咏，字信可，宣和初守齐安，下车访东坡雪堂，遗址虽存，堂木瓦已为兵马都监拆而为教场亭子矣。信可即呼都监责之，且命复新之。堂成，多燕饮其上，兹事士大夫喜称道之。信可亦喜作诗，在黄有诗云："万古战争余赤壁，一时形胜属黄冈。"时争传诵，惜不见其全篇也。

咸平二年秋大阅，其日，殿前侍卫马步军二十万，自夜三鼓初分出诸门，迟明乃绝。诘旦，上按辔出东华门，从行臣寮并赐戎服，既回御东华门，阅诸军还营，奏乐于楼下。

蔡宽夫侍郎筑室金陵，凿地为池沼，既去土寻丈之下，便得一灶，甚大，相连如设数釜者。灶间有灰，又得朱漆匕箸数十，其旁皆甓甃，初不甚损，莫测其故何也。旧闻其子择言亲道之后，见诸郡兵火之后，瓦砾堆积，不能尽去，因葺以为基址者甚多。因悟蔡氏所见，盖金陵故都，自昔兵乱多矣。其瓦砾之积，不知几何。则寻丈之下，安知非昔日之平地耶？

王建集有《镜听词》，谓怀镜于通衢间，听往来之言，以占休咎。近世人怀杓〔怀杓，今谓之打瓢。〕以听，亦犹是也。又有无所怀而直以耳听之者，谓之响卜，盖以有心听无心耳。然往往而验。曾叔夏尚书应举时，方待省榜，元夕与友生偕出听响卜，至御街，有士人缓步大言，诵东坡谢表曰："弹冠结绶，共欣千载之逢。"曾闻之喜，遂疾行，其友生后至，则闻曰："掩面向隅，不忍一夫之泣。"是岁曾登科，而友生果被黜。

旧说欧阳文忠公虽作一二字小简，亦必属稿，其不轻易如此。然今集中所见，乃明白平易，反若未尝经意者，而自然尔雅，非常人所及。东坡大抵相类，初不过为文采也。至黄鲁直，始专集取古人才语以叙事，虽造次间，必期于工，遂以名家。二十年前，士大夫翕然效之，至有不治他事而专为之者，亦各一时所尚而已。方古文未行时，虽小简亦多用四六，而世所传宋景文公《刀笔集》，虽平文而务为奇险，至或作三字韵语，近世盖未之见。予在馆中时，盛暑中，傅崧卿给事以冰馈同舍，其简云："蓬莱道山，群仙所游，清异人境，不风自凉。火云腾空，莫之能炎，饷以冰雪，是谓附益。"读者莫解，或曰此《灵棋经》耶？一坐大笑，而不知其渊源亦有自也。

　　陆宣公《翰苑集》载建中中宰相拜免，往往数人合为一制，盖唐故事也。国朝建隆初，除相犹循此体。近世虽侍从官亦不然，唯庶官并命，则或数人合为一制。又制词率用字数多寡为轻重，官愈尊则词愈多，且必过为称誉，反类启事。称美宰辅，必曰伊、周，儒学议论之臣，必曰董、贾，将帅必曰方、吕，牧守必曰龚、黄。至拜宰相麻词，姓名之下，率以五字为句，循习如此，竟不知起于何人。程致道为中书舍人尝论之。

　　凡史官记事，所因者有四：一曰时政记，则宰相朝夕议政、君臣之间奏对之语也；二曰起居注，则左、右史所记言动也；三曰日历，则因时政记、起居注润色而为之者也，旧属史馆，元丰官制属秘书省，国史案、著作郎佐主之；四曰臣僚行状，则其家之所上也。四者惟时政记执政之所自录，于一时政事最为详备。左、右史虽二员，然轮日侍立，榻前之语既远不可闻，所赖者臣僚所申，而又多务省事，凡经上殿，止称别无所得圣语，则可得而记录者，百司关报而已。日历非二者所有，不敢有所附益。臣僚行状于士大夫行事为详，而人多以其出于门生子弟也，类以为虚辞溢美，不足取信。虽然其所泛称德行功业，不以为信可也。所载事迹，以同时之人考之，自不可诬，亦何可废？予在馆中时，见重修《哲宗实录》，其旧书于一时名臣行事既多所略，而新书复因之，于时急欲成书，不复广加搜访，有一传而仅载历官先后者，读之不能使人无恨。《新唐书》载事倍于《旧》，皆取小说。本朝小说尤少，士大夫纵私有所记，多不肯轻出之。予谓史官欲广异闻者，当听人聚录所闻见，如《段太尉逸事状》之类，上之史官，则庶几无所遗矣。

欧阳公《归田录》初成，未出，而序先传。神宗见之，遽命中使宣取，时公已致仕在颖川。以其间纪述有未欲广者，因尽删去之，又恶其太少，则杂记戏笑不急之事，以充满其卷秩。既缮写进入，而旧本亦不敢存。今世之所有皆进本，而元书盖未尝出之于世，至今其子孙犹谨守之。

唐以身言《书》判设科，故一时之士无不习《书》，犹有晋宋余风。今间有唐人遗迹，虽非知名之人，亦往往有可观。本朝此科废，《书》遂无用于世，非性自好之者不习，故工者益少，亦势使之然也。

欧阳文忠公《外集》载《与石公操推官》二书，言尝见其二石刻之字险怪，讥其欲为异以自高，公操，即守道也。今《徂徕集》中，犹见其答书。大略皆谰辞自解，至谓书乃六艺之一，虽善于钟、王、虞、柳，不过一艺而已。吾之所学，乃尧、舜、周、孔之道，不必善书也。文忠复之曰：《周礼》六艺有六书之学，其点画曲直，皆有其说，今以其直者为斜，方者为圆，而曰我第行尧、舜、周、孔之道，此甚不可。譬如设馔于案，加帽于首，正襟而坐，然后食者，此世人常尔。若其纳足于帽，反衣而衣，坐于案上，以饭实酒卮而食曰：我行尧、舜、周、孔之道，可乎？不可也。此言诚中其病。守道字画，世不复见，既尝被之金石，必非率尔而为者。即其答书之词而观之，其强项不服义，设为高论，以文过拒人之态，犹可想见。称推官者，盖在南京时也。计其齿，方甚少，不知后竟少悛否？然文忠公志其墓与《读徂徕集》二诗盛道其所长，亦足以见公与人不求备也。近岁有一二少年，虽开言有可喜者，而不肯循蹈规矩，好奇尚怪，遇事辄发其书，字尤任意，本欲以为高，而不知自陷于浮薄，文忠公之言，真此辈之药石也。

王文正《遗事》，称有言公幼时，尝见天门开，中有公姓名二字，弟旭乘间问之，公曰："要待死后墓志上写，吾不知。"此言虽云拒之，亦可见实尝有是事矣。庞庄敏公帅延安日，因冬至奉祀家庙，斋居中夜，恍惚间天象成文云：庞某后十年作相，当以仁佐天下。凡十有三字，驻视久之方灭。公因自作诗纪其事云："冬至子时阳已生，道随阳长物将萌。星辰赐告铭心骨，愿以宽章辅至平。"手缄之。是日斋诚密记其诗，后藏其曾孙益孺处。余尝亲见之，用小粉笺，字札极草草。

按《实录》：自庆历元年初分陕西四路，公与韩忠献、范文正、王圣源三公俱为帅，至皇祐三年登庸，适十年。夫天道远矣，而告人谆谆若此，理固有不可尽诘。若以王文正之事准之，可以无疑，矧庄敏公决非妄语者乎？

　　旧制二府侍从有薄罪，多以本官归班，朝请而已。初无职掌，然班著请给并只从见在官，初不以所尝经历为下也。熙宁中，苏子容丞相为知制诰，坐缴李定中丞御史词头罢职，以本官归班，凡岁余，虽大寒暑风雨，未尝一日移告。执政有怜之者，谕使请外官闲局。苏公曰："方以罪谪，敢求自便乎？"一时士大夫以此益推重之。元丰以阶易官，此制遂革。凡侍从以上被谪夺职，非守郡则领祠，无复留京师者。政和中，刘器之既复旧官领祠，然才得承议郎，所至与人叙位，必谨班著，不肯妄居人上。一日，谒乡人赵畯朝奉，坐未久，有张基大夫者继来，刘与之叙官。张虽辞让，既不获，又不知避去，因据上坐。刘归之明日，偶微病，人有候之者曰："比谒赵德进坐于堂中，适张基大夫继至，吾官小，宜居下，遂坐德进傍。正当房门之冲风吹吾项，遂得疾。"客至，必以此告，是亦不能不介意之辞也。近岁尝任侍从者，虽被夺职，亦偃然以达官自居，凡遇庶僚，必居其上，无所屈。则非复责降之本意矣，其亦未闻苏、刘二公之风哉！

卷第十

仇念徽猷自言,顷年尝为东州一邑宰,晨起视事,方受牒诉,有鹳雀翔舞庭下,驱逐久之,方去,明日复来,仇心异之,遣一吏迹所止,而观其为何。既出城数里,所见一大树,鹳雀径止其上,视其颠,则有巢焉,数子啁啾其中。其下方有数人持锯斧绳索,将伐之者,吏遽止之,且引其人与俱见仇。问:"伐树何为?"曰:"为薪耳。"又问:"鬻之得几何?"曰:"可得五千。"仇即以己钱五千与之。且告之曰:"是鹳连日来,意若求救于我者。异类而有知如此,尔不可伐,不然,且及祸。"其人遂去,因不敢伐。

凡以节度使兼中书令侍中同平章事,并谓之使相,唐制皆签敕,五代以来,不预政事,敕尾存其衔而不签,但注使字。汉初有假左丞相,曹参之徒,悉尝为之,皆以将军有功,无以复赏,故假以宰相之名,而不得居其位,是亦唐以来使相之比也。汉殇帝延平元年,以邓骘为将军,开府仪同三司,"开府"之名,起于此,盖亦姑使其仪秩得视三公而已,是亦假丞相之类也。然晋以来,左右光禄大夫开府者为文官,骠骑、车骑、卫将军与四征四镇,及诸大将军,开府者为武官。宋、齐以后,循之不改。唐初以为文散阶,虽三公、三师,亦必冠以此号。李涪著《刊误》,尝非之矣。本朝因唐无所革,元丰官制既罢正合创名之意,而文臣寄禄官亦存之,然无生为之者,惟以为赠官。予谓开府仪同三司,本无文武之别,今若文臣贴职至观文殿大学士,寄禄至光禄大夫以上,欲优其礼秩者,亦可加以开府而许缀宰相班,则合古之遗制矣。

特进起于西汉,凡诸侯功德优盛,朝廷所敬异者,乃赐位特进,位在三公下,故曰特进。成都侯王商以特进领城门兵,置幕府,得举吏如将军是也。后汉光武时,邓禹列侯就第,特进奉朝请,是特引见之称,无官秩定礼。魏以后皆有之。唐以为文散阶,元丰官制以为寄禄官,亚开府,国朝常以侍从贴职与官品俱高及前二府之被寄任者为宣徽使，元丰废宣徽使不置，政和以后，二府与侍从官职已崇，无以复加，则特旨依见任执政。予谓凡此正合加以特进之号，使缀二府班，如武臣之太尉可也。

彭器资尚书汝砺，熊伯通舍人本，皆鄱阳人也，其父并为郡吏，而二公少相从为学。彭公既魁天下，闻报之日，太守即谕其父罢役，且以所乘马及导从并命郡吏送之还家，乡间以为荣。其徒相与言曰："彭孔目之子既已为状元，熊孔目之子当何如？"次举伯通亦擢上第，时前守已替去，后守悉用前例，送熊之父还家。自是一郡欣艳，为学者益深，每科举尝至数十人。

曾子固性矜汰，多于傲忽。元丰中为中书舍人，因白事都堂。时章子厚为门下侍郎，谓之曰："向见舍人《贺明堂礼成表》，真天下奇才也。"曾一无辞让，但复问曰："比班固《典引》如何？"章不答，语同列曰："我道休撩拨，盖自悔失言也。"徐德占虽与子固俱为江西人，然生晚不及相接，子固中间流落外郡十余年，迨复还朝，而德占骤进至御史中丞。中丞在法不许出谒，而子固亦不过之。德占以其先进，欲一识其人，因朝路相值，迎接甚恭。子固却立曰："君是何人？"德占因自叙，子固曰："君便是徐禧耶？"颔之而去。

王将明当国时，公然受贿赂，卖官鬻爵，至有定价。故当时为之语曰："三千索，直秘阁。五百贯，擢通判。"

磨勘之法，庶官则自具脚色家状，陈乞于有司，侍从以上，则有司检举施行。东坡守颍时，有剧贼尹遇者，久为一方之害，朝廷捕不获。公召汝阴县尉李直方，谓之曰："君能禽此贼，当力言于朝，乞行优赏；不获，亦以不职奏免。"直方受命惶怖，有母年九十，母子泣别而行。既谍知遇所在，则躬率众往，手戟刺而获之。东坡即条上其功状，以小不应格，推赏不及。东坡复为言于朝，请以年劳合改朝散郎一官为直方赏，亦不听。后吏部以东坡当迁以符会考，东坡自谓已许直方，卒不报。近世士大夫徒见东坡不磨勘，妄意其以是为高，多效之者，而不知其自有谓也。且既已仕矣，不磨勘岂足为高？使东坡而出此，何其浅耶？司马温公辞枢密副使章，自言"臣自幼时习诗赋论策就试，每三年一次乞磨勘"。岂不慕荣贵者耶？盖天下自有中道，过犹不及也。夫以温公为是言，岂害其为廉让？而更求加之，未见其非饰诈邀名也。

今之中散大夫，即昔之大卿监也。旧说谓之"十样锦"，受命之初，不俟赦恩，便许封赠父母妻一次，一也；妻封郡君，二也；今为令人。不隔郊奏荐，三也；奏子为职官，四也；今为从仕郎。乘马许行驰道，五也；马鞍上施紫丝座，六也；马前执破木杖，七也；宴殿内金器，且坐朵殿上，八也；身后许上遗表，九也；国史立传，十也。

为帅、守，而蹑父祖尝所居，自昔衣冠以为荣事。李文饶《献替记》称，开成二年，自浙西观察授淮西节度，国朝二百余年，未尝有自润州迁扬州者，况两地皆是旧封，倍怀荣感。盖其父吉甫，亦皆领扬润故也。本朝如此比者，亦时有之，多见于谢上表启。绍圣中，欧阳叔弼棐知蔡州，其父文忠公之旧治也，其谢宰执启曰：惟近辅之名邦，实先人之旧治。高城不改，自疑华表之归；老吏几希，尚守朱门之旧。追怀今昔，倍剧悲欣。靖康中，翟公巽自翰苑出守会稽，其父思之旧治也，其谢表曰：惟昔先臣再临东越，岂期暮齿乃蹑前修。朱邑世祠，犹有奉尝之旧；恬侯家法，自怜孝谨之衰。敢不慰问耆年，览观谣俗，无忘遗爱之厚，永念教忠之余。皆谓是也。

韩玉汝丞相喜事口腹，每食必殚极精侈，性嗜鸽，必白者而后食，或以他色者给之，辄能辨其非，世以为异。然此事古人固已有之，《晋史》符坚从兄子朗国破归晋，司马道子为设盛馔，极江左精肴，食讫，问曰："关中之食孰若此？"答曰："皆好，惟盐味小生耳。"既问宰夫，皆如其言。或人杀鸡以食之，朗曰："此鸡栖常半露。"检之皆验。又食鹅肉，知白黑之处，人不信，记而试之，无毫厘之差。时咸以为知味，与玉汝白鸽事正同。此非有法可传，盖独得于心，故能默契如此。天下之至理，固有独得于心而默契。圣贤于千载之上，以此推之，殆无可疑。但不能章章如是，故信之者寡耳。

石林公尝问予兄惇济曰："自东坡名思无邪斋、德有邻堂，而世争以三字名堂宇，公知前此固尝有此否？"惇济曰："非狮子吼寺乎？"石林笑曰："是也。"吴兴城南射村有寺号狮子吼，本钱氏赐名，国朝因之。石林既为《春秋》书，其别有四，其解释旨义曰传，其订证事实曰考,其掊击三传曰谳,其编排凡例曰例。又问曰:"吾之为此名,前古之所未有也。"惇济曰:"已尝有之。"石林曰:"何也?"惇济曰:"吴棫秉逮事郑元,著书三万余言,曰《周易》摘《尚书》驳《论语》弨,得无近是乎?"石林大笑。

丈人本父友之称,不必妇翁。《汉书·匈奴传》"汉天子,我丈人行"是也。唐人尤喜称之,杜子美《上韦左丞》诗曰"丈人试静听",而不闻子美之妇为韦氏也,如此比甚多。柳子厚记先友韩退之其一也,至与之书,乃称退之"十八丈父",友而字之者,以其齿相近乎? 近岁之俗不问行辈年齿,泛相称必曰丈,不知起自何人? 而举世从之。至侪类相狎,则又冠以其姓,曰某丈某丈,乃反近于轻侮也。

范元长侍读,吕申公之外孙也。余在馆中时,以史馆修撰寓直秘书省,尝言申公作相时,从官白事,倨坐对之,张九成子韶遽曰:"若审如此,此时从官,吾之所不能为也。"范不能对。余为晓曰:"前人谨行辈,凡值父叔之执友,便以子侄之礼事之。而为父行也,亦偃然以父叔自居。当其跪起不疑,而况坐立之间乎? 世既以为常,则人亦莫以为非。此礼既久废,故骤闻之,若可骇耳。申公素贵于朝,当其为相,固已七十余矣。则时之侍从,孰非其子侄辈者? 坐以对之,必是尔。申公岂以贵陵人者乎?"范以为然。予幼时随侍,犹及见,客有初相见者,必设拜褥,虽多不讲拜,而遗风尚存。近世不复见矣,长幼之序,人之大伦也,而废之,风俗安得而淳耶?

西汉之为丞相者,有就国,有免归,有自杀,有伏诛,而无复为他官者。惟哀帝时,孔光免丞相博山侯后,久之复为光禄大夫,秩中二千石,位次丞相,月余为御史大夫,未几,为丞相,复故国,御史大夫乃多复为他官。韩安国免后,复为中尉。萧望之左迁太子太傅,翟方进左迁京兆尹之类是也。东汉光武即位之初,以谶文用王梁自野王令超拜大司空,俄以违命将斩之,赦以为中郎将。自是终东汉之世,去三公而复为九卿郡守者,不可悉数矣。唐宰相既无定员,又多以他官兼领,以故用之亦易,多自下僚超拜,同时或至有十七人。及其贬责,亦无复礼貌。武后时,李昭德以凤阁侍郎平章事,后贬钦州高宾尉,俄复召为监察御史,吉顼自天官侍郎同平章事贬琰川尉,狄仁杰自地官侍郎同平章事贬彭泽令,此其尤甚者也。中叶以后虽罕此比,然李揆尝以中书侍郎平章事贬袁州长史,后以试秘书监江淮养疾,家百口,贫无禄,丐食取给,牧守稍厌恩,则去之。常衮自门下侍郎平章事贬河南少尹,崔祐甫两换秩,姜公辅自谏议大夫平章事下迁太子左庶子,久不迁,谒宰相求官,闻德宗怒未息,惧而请为道士,复为泉州别驾。凡此虽不及武后时贬黜之遽,然顿辱之亦已甚矣。岂复以大臣遇之耶?

王荆公性简率,不事修饰,奉养衣服垢污,饮食粗恶,一无有择,自少时则然。苏明允著《辨奸》,其言衣臣虏之衣,食犬彘之食,囚首丧面,而谈《诗》《书》,以为不近人情者,盖谓是也。然少喜与吕惠穆、韩献肃兄弟游,为馆职时,玉汝尝率与同浴于僧寺,潜备新衣一袭易其敝衣,俟其浴出,俾其从者举以衣之,而不以告。荆公服之如固有,初不以为异也。及为执政,或言其喜食獐脯者,其夫人闻而疑之曰:"公平日未尝有择于饮食,何忽独嗜此?"因令问左右执事者,曰:"何以知公之嗜獐脯耶?"曰:"每食不顾他物,而獐脯独尽,是以知之。"复问:"食时置獐脯何所?"曰:"在近匕箸处。"夫人曰:"明日姑易他物近匕箸。"既而,果食他物尽,而獐脯固在。而后人知其特以其近故食之,而初非有所嗜也。人见其太甚,或者多疑其伪云。

历代笔记小说大观总目

汉魏六朝

西京杂记(外五种) ［汉］刘歆 等撰 王根林 校点

博物志(外七种) ［晋］张华 等撰 王根林 等校点

拾遗记(外三种) ［前秦］王嘉 等撰 王根林 等校点

搜神记·搜神后记 ［晋］干宝 陶潜 撰 曹光甫 王根林 校点

世说新语 ［南朝宋］刘义庆 撰 ［梁］刘孝标注 王根林 标点

唐五代

朝野佥载·云溪友议 ［唐］张鷟 范摅 撰 恒鹤 阳羡生 校点

教坊记(外七种) ［唐］崔令钦 等撰 曹中孚 等校点

大唐新语(外五种) ［唐］刘肃 等撰 恒鹤 等校点

玄怪录·续玄怪录 ［唐］牛僧孺 李复言 撰 田松青 校点

次柳氏旧闻(外七种) ［唐］李德裕 等撰 丁如明 等校点

酉阳杂俎 ［唐］段成式 撰 曹中孚 校点

宣室志·裴铏传奇 ［唐］张读 裴铏 撰 萧逸 田松青 校点

唐摭言 ［五代］王定保 撰 阳羡生 校点

开元天宝遗事(外七种) ［五代］王仁裕 等撰 丁如明 等校点

北梦琐言 ［五代］孙光宪 撰 林艾园 校点

宋元

清异录·江淮异人录 ［宋］陶毂 吴淑 撰 孔一 校点

稽神录·睽车志 ［宋］徐铉 郭彖 撰 傅成 李梦生 校点

贾氏谭录·涑水记闻　［宋］张洎 司马光 撰　孔一 王根林 校点

南部新书·茅亭客话　［宋］钱易 黄休复 撰　尚成 李梦生 校点

杨文公谈苑·后山谈丛　［宋］杨亿口述、黄鉴笔录、宋庠整理　陈
　　师道 撰　李裕民 李伟国 校点

归田录（外五种）　［宋］欧阳修 等撰　韩谷 等校点

春明退朝录（外四种）　［宋］宋敏求 等撰　尚成 等校点

青琐高议　［宋］刘斧 撰　施林良 校点

渑水燕谈录·西塘集耆旧续闻　［宋］王辟之 陈鹄 撰　韩谷 郑世刚
　　校点

梦溪笔谈　［宋］沈括 撰　施适 校点

麈史·侯鲭录　［宋］王得臣 赵令畤 撰　俞宗宪 傅成 校点

湘山野录 续录·玉壶清话　［宋］文莹 撰　黄益元 校点

青箱杂记·春渚纪闻　［宋］吴处厚 何薳 撰　尚成 钟振振 校点

邵氏闻见录·邵氏闻见后录　［宋］邵伯温 邵博 撰　王根林 校点

冷斋夜话·梁溪漫志　［宋］惠洪 费衮 撰　李保民 金圆 校点

容斋随笔　［宋］洪迈 撰　穆公 校点

萍洲可谈·老学庵笔记　［宋］朱彧 陆游 撰　李伟国 高克勤 校点

石林燕语·避暑录话　［宋］叶梦得 撰　田松青 徐时仪 校点

东轩笔录·嫩真子录　［宋］魏泰 马永卿 撰　田松青 校点

中吴纪闻·曲洧旧闻　［宋］龚明之 朱弁 撰　孙菊园 王根林 校点

铁围山丛谈·独醒杂志　［宋］蔡絛 曾敏行 撰　李梦生 朱杰人 校点

挥麈录　［宋］王明清 撰　田松青 校点

投辖录·玉照新志　［宋］王明清 撰　朱菊如 汪新森 校点

鸡肋编·贵耳集　［宋］庄绰 张端义 撰　李保民 校点

宾退录·却扫编　［宋］赵与时 徐度 撰　傅成 尚成 校点

桯史·默记　［宋］岳珂 王铚 撰　黄益元 孔一 校点

燕翼诒谋录·墨庄漫录　［宋］王栐 张邦基 撰　孔一 丁如明 校点

枫窗小牍·清波杂志　［宋］袁褧 周辉 撰　尚成 秦克 校点

四朝闻见录·随隐漫录　［宋］叶少翁 陈世崇 撰　尚成 郭明道 校点

鹤林玉露　［宋］罗大经 撰　孙雪霄 校点

困学纪闻 ［宋］王应麟 撰 栾保群 田松青 校点

齐东野语 ［宋］周密 撰 黄益元 校点

癸辛杂识 ［宋］周密 撰 王根林 校点

归潜志·乐郊私语 ［金］刘祁 ［元］姚桐寿 撰 黄益元 李梦生
　　校点

山居新语·至正直记 ［元］杨瑀 孔齐 撰 李梦生 庄葳 郭群一
　　校点

南村辍耕录 ［元］陶宗仪 撰 李梦生 校点

明代

草木子(外三种) ［明］叶子奇 等撰 吴东昆 等校点

双槐岁钞 ［明］黄瑜 撰 王岚 校点

菽园杂记 ［明］陆容 撰 李健莉 校点

庚巳编·今言类编 ［明］陆粲 郑晓 撰 马镛 杨晓波 校点

四友斋丛说 ［明］何良俊 撰 李剑雄 校点

客座赘语 ［明］顾起元 撰 孔一 校点

五杂组 ［明］谢肇淛 撰 傅成 校点

万历野获编 ［明］沈德符 撰 杨万里 校点

涌幢小品 ［明］朱国祯 撰 王根林 校点

清代

筠廊偶笔 二笔·在园杂志 ［清］宋荦 刘廷玑 撰 蒋文仙 吴法源
　　校点

虞初新志 ［清］张潮 辑 王根林 校点

坚瓠集 ［清］褚人获 辑撰 李梦生 校点

柳南随笔 续笔 ［清］王应奎 撰 以柔 校点

子不语 ［清］袁枚 撰 申孟 甘林 校点

阅微草堂笔记 ［清］纪昀 撰 汪贤度 校点

茶余客话 ［清］阮葵生 撰 李保民 校点

檐曝杂记·秦淮画舫录　〔清〕赵翼 捧花生 撰　曹光甫 赵丽琰
　　校点

履园丛话　〔清〕钱泳 撰　孟斐 校点

归田琐记　〔清〕梁章钜 撰　阳羡生 校点

浪迹丛谈 续谈 三谈　〔清〕梁章钜 撰　吴蒙 校点

啸亭杂录 续录　〔清〕昭梿 撰　冬青 校点

竹叶亭杂记·今世说　〔清〕姚元之 王晫 撰　曹光甫 陈大康 校点

冷庐杂识　〔清〕陆以湉 撰　冬青 校点

两般秋雨盦随笔　〔清〕梁绍壬 撰　庄葳 校点